音速老師的
日語成功筆記

——文法字彙篇——

【圖解版】

朱育賢 KenC
———————— 著

04 Chapter

字彙學習訣竅——知識篇

05 Chapter

字彙學習訣竅——實戰篇

從嚴重口吃到專業口譯：
台灣最大日文自學網站創辦者

「你的父母親是日本人嗎？你住了日本幾年？」無論在學校或工作場合，這些都是我常被詢問的問題，特別是第一次見面的對象。

我的職業是日文口譯、翻譯，經營一個台灣最熱門的日文自學網站，以下是履歷表上看不到的東西：

1. 我學習日文後第二個年度，通過了日本語能力試驗一級（也就是現在的 N1），一級是日文檢定考試的最高等級，一般來說，大學日文系畢業生通過一級的機率不到 30%。

2. 我在 2010 年初創立了協助台灣人「自學日文」的網站——音速語言學習（日語），簡稱「音速日語」。一年之內，該網站成為台灣地區最大規模的日文自學網站。目前網站累計超過 5000 萬人次瀏覽，Facebook 專頁人數超過 35 萬人（持續增加中）。會員遍布台灣、香港、大陸、馬來西亞、澳門等地。在台灣舉辦過七場收費研討會（台北五場，台中、高雄各一

場），每場都在報名資訊發布後的二小時內全數爆滿。

3. 許多赴日留學的台灣學生告訴我們，即便身處日本，還是會每天固定閱讀我們提供的免費教材和學習方法，因為比起學校課本，他們認為這樣進步得更快。我承認這有點令人匪夷所思。

4. 在香港接受日本教育媒體的專訪，在台灣接受了《台大學生報》的採訪，用了全版篇幅刊登我的相關資訊。

5. 客觀來說，我的外語發音相當精準。我不認為我的發音十全十美，但我很有自信，到目前為止，仍然沒有人說過聽不懂我的日文。我也同樣有自信，除非刻意說破，否則在日本計程車上和我閒聊的司機先生，絕對不會知道我是外國人。

6. 雖然我看不太懂日文的文言文（其實中文的也看不太懂），但是在會話層次上，能夠將日文運用地和中文一樣純熟。

7. 有太多人問我如何學習日文，實在沒有辦法一個一個回答，因此寫了這本書，請大家看書獲得解答。

劣勢的綜合體

請各位猜猜看，我和其他人有什麼不同的地方？

* 從小苦讀日文，學習日文數十載後，終有今日功力。
* 擁有語言背景，從小在日本長大，或雙親是日本人。
* 有機會赴日留學，體驗日本當地文化民情。
* 天生的語言天才，對於學習語言有天賦。
* 勤跑學校或補習班，上足每一天的課程。

以上各位所有想得到的學習優勢，我一個都沒有，你們想不到的學習優勢，我也都沒有。我擁有的只是：

* 從小有嚴重口吃。
* 從來沒有出國留學，沒有在日本待超過二星期。
* 高中三年級才開始學日文。
* 高中老師說我的英文發音像黑人。
* 沒有老師教我日文。

也就是說，我和各位所想像的「口譯者」、「語言天才」的帥氣形象完全不同，何止沒有學習外語的優勢，簡直就是劣勢的綜合體，別說日文了，由於嚴重口吃的關係，連中文都講不太好。

如果說我有什麼和別人不一樣的地方，那麼可以綜合成二點：

* 我沒有一般的老師教導學習，只好自學。
* 我沒有語言天分，而且我有嚴重的口吃。

口吃是什麼感覺？

在學習日文、從事口譯工作期間，我發現不少人對於我口吃病史的興趣，遠大於學習日文的經歷。每個人都以狐疑的眼神看著我，思考到底是哪來的力量，讓原本嚴重口吃的內向青年，變成眼前這位說話流暢、用詞針針見血的專業人士？

雖然當大家知道我有口吃方面的疾病時，都會對我投以同情的眼光，不過我卻完全不覺得難以啟齒或自卑，反而認為，這是我和其他學習外語的人不同的地方，口吃雖然曾經帶給我很多困擾，但是也帶給我意想不到的優勢。

當然，現在的我已經完全沒有這方面的困擾了，我可以隨時隨地以中文、日文（有時候是英文），非常流利地進行談話。我們舉辦的七場研討會中，我可以滔滔不絕地連續講整整三個小時，連十分鐘的休息時間也在回答學員的提問。

口吃已經完全不再困擾我了，彷彿什麼事都沒發生過。

但是，我可以老實告訴各位，口吃絕對是世界上最苦澀的滋味之一。真正的口吃是這個樣子：

* 上公車時，為了詢問司機：「請問到基隆夜市多少錢？」這一句話足足講了一分鐘還是結巴說不出來，整車人都看著我，最後只好胡亂投錢，匆匆跑到最後面坐著。

* 從學校下課回家時，由於想和母親說：「我想吃咖哩飯。」一路上不停預演、練習如何說話、練習每一個字，但是一回到家中，還是說不出來，說到：「我……想……想……」之後就沒有辦法了。

* 學校上課時，老師點我起來回答問題，我沒聽清楚問題，但是一開口便結巴說不出話，最後老師以為我不會，打了我十下手心。

* 任何場合，只要接電話的人是我，對方就遭殃了。「請問你找誰？」這句話大概說到第三個字就不行了，不斷重覆「你……你……」，對方應該會覺得是色狼搔擾電話。

* 面對現實吧！連話都講不好的孩子，很難會有許多朋友圍繞在身旁。我不是在學校上課，就是關在家中讀書或打電

動，只有在家裡才不用和任何人說話，唯一的好處是我開始對日文有興趣了。（因為電動的關係）

* 可想而知，一定會受到學校同學嘲笑和霸凌，這部分就不多說了，免得影響大家看書學習的心情。（笑）

雖然從小到大都是如此，不過我倒不覺得自己很可憐，畢竟這麼多年下來，已經都習慣了。原本以為會就此終老，一生和口吃為伍，沒想到高中三年級卻成為我的轉捩點。這一年，我開始學習日文。

如何克服口吃

到了高三，當我真正拿起書本學習日文時，才發現由於口吃的關係，在學習外語上，我擁有別人意想不到的優勢。因為口吃的關係，反而讓我有了優勢，我稱之為「特殊專長」。

因為嚴重口吃的關係，我不太能說話，至少不太能說出一句完整的話，因此只能一直扮演聆聽的角色，這讓我的聽力相當好。我所指的聽力，不只是在聽力測驗考高分的那種聽力，我在聆聽別人說話時，可以聽出非常細微的變化，甚至可以判斷對方的說話速度、咬字、呼吸頻率和節奏、說話習慣、以及發聲部位。

我可以知道對方說話速度快慢，有些人緊張的時候說話會變快；有些人則是愈到句尾，說話速度愈快；有人快到讓人聽不清楚；有人則慢到讓人打哈欠，我發現最適合的說話速度約是每分鐘 180 字左右。

　　我可以聽出對方細微的咬字差異，像是注音符號的「ㄥ」跟「ㄣ」、「ㄤ」跟「ㄢ」，很多人覺得發音很相似、分不清楚，但是對我來說，卻是完全不同的發音，如果同學將「今天」發音成「鯨天」、將「幫忙」發音成「搬忙」，我在 1/10 秒之內就會立刻聽得出來，當然，要不要指正對方就是另外一回事了。

　　我也可以聽出對方的呼吸頻率，有些人習慣先吸氣再說話；有些人則習慣講完話再吸氣；更有些人習慣講到一半時略作停頓，吸一口氣之後再繼續講；有的人呼吸又短又急，說話速度飛快；有些人不疾不徐，說話穩重而有自信；有些人習慣用嘴巴呼吸；有些人經常說到上氣不接下氣。

　　最後是我覺得最特別的地方：我可以聽出每個人不同的發聲部位。

　　在音樂課本上曾經學過，人體發聲的共鳴部位有許多種，有腹腔共鳴、喉嚨共鳴和鼻腔共鳴，不同的共鳴點發出來的聲音也不盡相同。而我只要聽一小段談話，就能知道對

方習慣用哪些身體部位發聲，有人講話秀氣，常帶著一點鼻音，是鼻腔共鳴；有人聲音宏亮，是腹腔共鳴；絕大多數台灣人說中文時，是用喉嚨部位說話，聲音聽起來較扁，而且很容易沙啞。

另外，我只要聽到發音，就能夠大致上知道對方「嘴巴內的活動情形」，像是有些大舌頭的人，是因為他們說話時習慣將舌頭往後縮，使舌根頂到喉頭，其實只要往前伸一點，大舌頭的情形就能改善很多。另外，像是「ㄓ」、「ㄔ」、「ㄕ」這一類捲舌音，台灣人和大陸人的發音方式大不相同，大陸人習慣捲舌尖，產生很明顯的捲舌音，台灣人則習慣捲起舌頭中段，捲舌音因此不太明顯。很多人說台灣人講國語不捲舌，其實是錯誤的，只是捲舌的方式不一樣罷了，你可以試著說出「我是學生」這句話，當你說到「是」的時候，是不是有舌頭中間往上頂住上顎的感覺呢？

我從來沒有讀過相關的研究論文，這些只是親身以「耳朵」聽到的經驗。而這些經驗，在我開始學習日文之後，產生了大大的幫助，而且也讓我協助自己改善了嚴重口吃的情形。

由於我的聽力很好，因此學習發音的能力很強。即使日文和中文的發聲方式有許多差異，不過幾乎都能掌握得很好，發音相當精準。我發現在學習語言時，只要花時間去

讀，每個人了解的文法程度和字彙量都差異不大，唯獨「發音」這一部分差異非常大，而且和學習時間沒有正面關係。學了二十年日文的人，發音不一定比初學者精準，而即使學日文只有幾個月，發音也可能比大學講師還要漂亮。

在學習日文的同時，我開始校正自己的發聲方式、說話速度和呼吸節奏，經過不斷觀察，我發現口吃的主要原因不外乎：

① 呼吸過於短淺而急促，使得話說到一半就會上氣不接下氣，產生結巴。
② 講話太快了，想將很多事情一次講完，過於用力，使聲帶瞬間僵硬，無法發聲。
③ 怕自己會口吃而緊張，結果就真的結巴了。

一邊學習日文的時候，我一邊調整自己的說話模式，練習深呼吸、練習慢慢講話、練習在適當時機停下來休息、練習清楚的咬字（口吃患者通常說話模糊不清）。我覺得語言愈來愈有趣，愈學愈有成就感，並開始相信以辯論能力著稱的英國首相邱吉爾，在小時候也有嚴重的口吃問題這件事。

最後，在升大學二年級時，也就是學習日文第二年，我報名了日文一級檢定，並且順利通過。日文一級檢定是最高等級，相當於全民英檢的高級。我在國中學了三年，連一篇

簡單的英文作文都寫不出來，但是學了不到二年日文，竟然就通過了檢定考最高等級。此後，我開始進行日文翻譯和口譯的工作，同時指導日文發音，教導正在學習日文的人，如何才能讓發音更為精準。不只是初學者，連同樣從事口譯工作的朋友，也曾經尋求過我的建議。

現在，在指導其他人如何學習日文時，以前的口吃病史剛好成為我最大的優勢。我特別擅長發音指導，這是一般台灣老師非常難辦到的事情，相信幾乎沒有人的經歷和我一樣特殊，也沒有任何課程可以學到我的「聽力特殊專長」，而我也碰巧成為每位學習者的信心來源：**如果連我都辦得到了，你們這些口齒清晰的人沒有理由做不到。**

口吃→口譯→網站負責人

日文能力進步的同時，曾經嚴重困擾我的口吃情形也改善了不少，雖然有時候還是難免會結巴，但是日常生活交談完全沒有問題，甚至能夠勝任口譯的工作。

我綜合了這幾年的心得，撰寫和錄製一系列免費的日文教材放在網站上，協助更多的人學習日文，同時舉辦了七場研討會，每場三小時，進行經驗分享和教學。其後，為了將包含發音技巧在內的**寶貴學習經驗**系統化、傳達給更多人，因而有了各位現在手上的這本書籍。

我集合不可思議的劣勢於一身，然而，現在我不但口吃痊癒、成為口譯、主持演講、舉辦研討會，甚至還教導大家如何克服學習外語上的障礙。

　　嘿！你說因為無法開口講日文很困擾、看不懂文法很困擾、背不住單字很困擾，感覺很挫折，彷彿一頭撞上堅硬牆壁般覺得氣餒⋯⋯。

　　得了吧，在我看來，這些並不足以稱為障礙，我曾經有嚴重口吃，結巴到一句中文都說不完全。真正的障礙，應該是一位連一句完整中文都說不好的人，竟然異想天開想成為外語口譯；真正的障礙是無法開口說中文、看不懂文法無人可問、以及根本不敢向別人說你正在學外語、怕被嘲笑。

　　由於有這種特殊背景，我的學習經驗比起任何老師更具有說服力，我有能力和資格教導各位如何學習日文。如果我可以從嚴重口吃患者成為暢所欲言的日文口譯，沒有道理你無法克服開口說外語的困擾。

　　我有著別人沒有的劣勢，我克服了，而且很成功，那麼我同樣也可以幫助你，克服你在學習上產生的障礙。同樣的陷阱，我踩了進去（應該說根本打從一開始就在陷阱中），現在我可以告訴你，哪裡有陷阱，還有你該如何避開它。

為了幫助日文學習者克服學習上的困擾，我創立了「音速日語」網站，專門提供日文教材及學習資訊，讓無法經由老師指導的人，可以透過自學的方式，愉快且高效率地學習日文。

有許多人寫信給我，告訴我，因為網站的協助，他們的生活有了極大改變。

台灣的上班族女性寫信過來，告訴我，因為網站的協助，她可以不用在每天晚上八點下班後，仍然拖著疲憊的腳步去補習班學日文。

每天忙於家計的媽媽告訴我，由於網站的經驗分享，讓她可以重拾年輕時學習日文的夢想；原來一邊帶小孩、一邊配合自己的時間學習日文，是絕對辦得到的。

許多大學生在網站上留言，由於學校的日文課程名額經常不夠，造成許多想學習日文的同學們選不到課程、被迫中斷日文學習之路，經由網站上的免費教材和學習指導，讓他們知道，原來自學也能獲得和學校課程一樣良好的效果。

為了幫助更多人，為了擴大我們的影響力，因此有了這本書。這本書的目的，講的就是如何**逃離痛苦學習、以語言享受生活**，愉快且高效率地學習日文。

這本書不是教科書，沒有詳細句型教學，這本書也不是經驗談，我還不夠老，沒有資格寫回憶錄，這本書也不是勵志書，空泛地告訴你必須保持正向態度。這是一本技巧書，告訴你如何以愉快的心情和方式，在外語學習上獲得非凡的成果。

我想告訴你，我在想什麼、我到底用了什麼方法，讓我從嚴重口吃成為口譯；我想告訴你，為什麼這麼多人學習外語，但是卻這麼少人精通，就像每個人國、高中都學英文，但是講不出英文的人比比皆是；我想告訴你，我們是別人眼中的「語言天才」，但是事實上並不是特別有天賦，只是按照和別人不同的模式在學習而已。

我想告訴你，你在上課時聽不懂老師講解的文法，不是你的錯，是老師的錯，真正優秀的老師和教科書，會以外行人都懂的方式進行解說。我想告訴你，學習語言和年齡一點關係都沒有，無論幾歲，都可以學得很好。我的母親五十多歲開始學日文，和我們去日本旅行，快樂得不得了。

最後，我想告訴你，即使在幾近絕望的情況下、即使在沒有任何資源的情況下、即使在集劣勢於一身的情況下，我們仍然可以完成自己的目標和夢想。

以語言享受生活

> 首要原則是絕對不要自我欺騙，否則你會成為最好
> 騙的人。　　——理察·費曼（Richard Feynman），
>
> 諾貝爾物理學獎得主

> 你應該變成你希望在這世上看到的人。
>
> ——甘地，印度聖雄

本書特色

貫徹整本書的宗旨是「逃離痛苦學習，以語言享受生活」。

各位在閱讀本書的時候，請牢牢記住這句話，這句話是最高準則，我們的所有思維和方法，以及本書的章節，都是由此衍生出來的，關於這句話的具體意思，我們會在之後的章節中詳加解釋，但是請謹記我們以下的話：

任何會讓你痛苦的學習方法，任何不能幫你「以語言享受生活」的學習方式，都是不必要且累贅的。

日文不是學校考試科目，沒有人強迫學習，因此如果你在學習的過程中，感到無比的痛苦，那麼一定是方法錯了。生活中可能有許多讓人痛苦的事，但是學習語言一定要讓自己快樂，否則沒有任何意義。這個論點也許不一定正確，但是我們對此深信不疑。

　　本書特色如下：

①不會出現難懂的語言詞彙

　　我們不是在看學術論文，我們的目的是解決問題。用簡單的字彙清楚表達意思不是容易的事情，不過整本書會嘗試以小學生都懂的表現方式進行描述。

②輔以圖表解說

　　無論文字的效果多麼強大，就是比不上具體的圖片容易理解。你會記得漫畫中的場景，還是教科書後面的單字表？

③條列式解說

　　現在手上拿著這本書的你，心裡應該是想要學到讓日文突飛猛進的技巧，而不是想體會作者文字間流瀉的優美修辭，因此我們將每一章節的重點，以條列方式進行解說，讓

大家一看就知道哪裡是重點、該將注意力放在什麼地方。

④不會有引用「專家說法」這回事

所謂「專家說法」經常可以在新聞中看到，例如某教授說：「學習語言有年齡限制，永遠不可能說得和母語一樣好。」某專家說：「中文和日文的發音方式不同，台灣人很難發出精準的日文。」某名師說：「如果沒有實際出國，不可能將外語學好。」因此，結論會變成：「在台灣的台灣人很難將日文學好。」

不過，重要的不是為失敗找理由、而是為成功找方法。專家會告訴你「為什麼做不到」，而不會告訴你「如何做到」，而這正是我們希望你學會的。又有幾個專家認為連中文都說不好的口吃患者會成為日文口譯呢？

⑤較少第一人稱「我」作為主語，而會使用「我們」

因為這不只是我個人的經驗，而是觀察周遭數百位成功者的學習經驗、發現我們擁有相同的原則和方法後所整理出來的內容。這些成功者，有人是口譯、有人是廣播節目主持人、有人是公司主管、有人則沒沒無名。無論如何，「我們」都在學習外語（特別是日文）方面，擁有傑出的成果，值得大家花費時間閱讀。

本書宗旨

只有在學習時感到快樂，才能夠將外語學好，沒有人能夠學好讓自己感到痛苦或不喜歡的東西。如果你天生有懼高症，那麼你很難成為一位傑出的飛行員；如果你非常痛恨微積分，那麼理所當然你也不可能獲得下一屆的諾貝爾數學獎（其實諾貝爾也沒有數學獎 XD）。

在結合自身經驗，加上觀察過數百位傑出人士後，我們得到一個重大結論。以下的話很重要，只說一遍。事實上，如果你沒看見下面這一句話，也許你打從一開始就不該翻開本書。

> 學習外語最大、也是唯一重要的目的，是讓自己的生活變得更好、享受生活。我們不是學習外語本身，而是透過外語去學習自己喜歡的東西。

因為太重要，因此我們把重點放大。

是的，不是為了考試、不是為了找工作，你開始學日文（或任何外語）的目的，都應該是為了幫助自己「享受生活」。

我開始學日文，因為我喜歡打電動，希望不用透過攻略本就了解電玩劇情。有人開始學日文，是為了更了解喜歡的日本偶像；很多媽媽開始學日文，是為了唱出小時候喜歡的日本歌；很多歐吉桑開始學日文，是為了能夠在日本自由自在地旅行；我的同學學日文，是為了參加日本舉辦的同人誌展；我的大學室友學日文，是因為想追隔壁棟的日本交換留學生。

簡單來說，我們對於「日文」本身並沒有多大興趣，我們也並不在意學不好日文會有什麼後果，但是，我們對於學會日文所能帶來的「樂趣」非常有興趣，甚至不顧一切想學好日文，以享受帶來的甜頭。事實上，我的那位大學室友學習日文的進步速度，是我見過最神速的，不到一星期，就能打電話約對方出來吃飯。

我們在學習日文時，心中不是想著如何應付文法、如何記住單字、如何通過考試、如何找到好工作，而是「學了日文後生活會多麼快樂」，這種打從心底感受到的快樂，是一切力量的來源，能夠幫助你克服學習語言時帶來的種種困難，就像鹹蛋超人胸口的寶石一樣，幫助他打倒任何怪獸。

這就是貫徹本書的中心思想：**「逃離痛苦學習，以語言享受生活」**。

　　我們在後面的篇幅中，會介紹許多強力的日文學習技巧和學習思維，這些都是透過「以語言享受生活」為基礎建構而成的。因此，在你閱讀本書時（如果可以的話，在任何學習日文的時候），請牢牢記住「以語言享受生活」這句話，否則即使學到再多的技巧和知識都沒有用。準備起跑時，請記得確定自己穿了合適的鞋子，否則不但跑不快，還會愈跑愈痛苦，甚至在場上重重跌上一跤。

　　學校上課時，老師告訴你要看課本、看英文雜誌，你的目的是通過明天的考試。

　　現在，當你學習日文時，你必須找尋自己的目的、找尋自己的興趣，你可以接觸任何自己喜歡的東西，你的目的是要享受生活。

01
Chapter

超重要！
日本人的語言心理

1 1　語言心理對於學習的重要性

　　這一章節，我們的主題是「語言心理」，以及理解「語言心理」對於學習日文有什麼幫助。

　　語言心理，意思是「發話時的心理狀態」。簡單來說，就是「說話時心裡在想什麼」。不同的語言，代表了不同國家、不同民族，不僅僅只是文字，而是代表了一種歷史、一種文化、一種生活方式，因此在學習不同國家的語言時，難免會遇到困惑和難以理解的地方，而解決這些困惑最有效的方式，就是了解語言背後的文化意涵，也就是「語言心理」。

　　例如：外國人很難理解為什麼中國字四四方方的，和歐美的拼音文字不同。此時就可以告訴他們，中文字都是從自然界的景物發展出來的，稱為象形文字，自然界的景物多彩多姿，因此中國字的種類也同樣多彩多姿。

　　當我們學習日文時，事先了解日本人說話的「語言心理」，也就是日本人在說話時心裡想的是什麼，能夠大幅度幫助我們理解日本人的文化背景、價值觀、思考方式，使得

我們在學習日文時更加順利，不會因為日文中許多繁複相似的用法而困擾，進而能夠具體理解在語言背後的意義，幫助我們更為流利且精準地使用日文。

當我們在學習日文時，有時候會覺得「為什麼日本人這種時候會有這樣的反應呢？」而感到疑惑和不解，例如：為什麼日本人對上司和對同事說話，使用的詞彙不同？為什麼日本人對於不認識的人總是特別委婉親切？為什麼正式場合使用的句子和一般不同？為什麼日文還分為常體和敬體？為什麼日文中許多字彙和文法的意思都那麼相近？

想要了解日文中的細微使用區別，就必須從理解「語言心理」開始著手，當你知道日本人的內心想法和思考方式後，就不會覺得這些和我們習慣不同的日文用法很奇怪了。

我們將在本章節中，介紹五項日本人的主要語言心理，包括：

＊ **上下關係**
＊ **內外關係**
＊ **主客觀關係**
＊ **較不承擔責任**
＊ **正式和非正式**

重要！五項日本人的語言心理

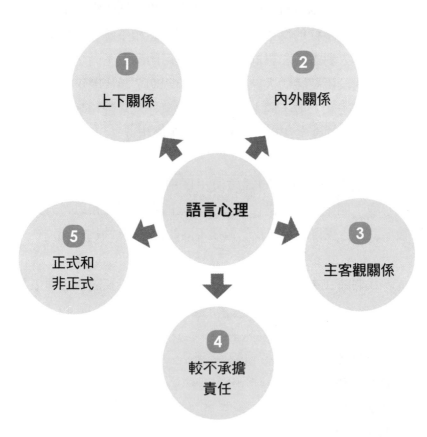

這五項語言心理，具體來說，可以為日文學習帶來以下幫助：

①理解日文中許多相似用法

日文當中，無論是文法或是詞彙，許多意思和用法都十分相近，令人難以區別。

例如表示原因的「から／ので」、表示「但是」的「でも／しかし」等等，都是日文老師十分頭痛的問題。如果單以學術文法的角度解釋，那麼會變得相當複雜，但是如果用「語言心理」來理解，就能夠輕鬆知道如何區別這些相似用法。簡單來說：

から＝主觀原因　　ので＝客觀原因
でも＝口語用法　　しかし＝文章用語

②理解日文中特有表現

日文當中，有許多中文沒有的特殊用法和表現，「敬語」就是典型的例子。

中文當中，儘管也有敬語的概念，不過常用的也只有「您」這個字；日文當中的敬語則完全不同，非常嚴謹、具

有一定規則，和年長者、同輩、晚輩說話時所使用的字彙都不盡相同，敬語更是分為三種：「尊敬語」、「謙讓語」、「丁寧語」，依據不同場合和不同對象，各自有不同的用法，必須同時靈活分辨這三項敬語，才能順利進行會話溝通。

這種特殊的敬語文化，光看到就令人頭痛，如果不了解日本人的心理、思考方式和價值觀，是很難理解的。「語言心理」在這裡更形重要，能夠幫助我們了解這些日文中的特殊語言文化和表現方式。

③了解日本人特有的習慣

理解「語言心理」也有助於我們了解一些日本人特有的習慣。

像是日本人在道謝和道歉的時候都會鞠躬，但是隨著道謝和道歉程度的不同，鞠躬的角度也會不同，鄭重的道謝道歉，必須敬禮 90 度，其次為 45 度，輕微道謝道歉則約 20 度。並且會伴隨著「ありがとうございます」或「すみませんでした」等語句。

當我們造訪日本朋友家時，也必須特別注意。在台灣，如果是關係很好的朋友，只要講一聲：「等下去你家吃宵夜

吧！」就能立刻過去，不會有任何問題。但是在日本的習慣中，要造訪私人住處，一定要事先告知，而且最好一至二星期前就事先通知對方，讓對方有心理準備；如果臨時要造訪，那麼即使是好朋友，還是很有可能被拒絕的。這也是日本人的特殊習慣之一。

④幫助進行會話

當我們經由「語言心理」，理解日文中許多相似用法、特別表現，以及日本人的特殊習慣後，那麼毫無疑問地，一定能夠大幅度增加學習日文的效率、也能夠間接幫助我們在和日本人說話時，了解日本人的習慣，使用符合當時情境的正確日文，更為流暢地以日文進行溝通。

【本回任務】做到請打✔

□ 了解「語言心理」能夠讓我們學習日文更有效率
□ 了解「語言心理」的四項重要性

語言心理的重要性

1 理解日文中許多相似用法

➡ 表示原因的「から‧ので」
表示但是的「でも‧しかし」

2 理解日文中特有表現

➡ 嚴謹的敬語系統

3 了解日本人特有的習慣

➡ 道謝和道歉的鞠躬角度
不可以突然造訪日本朋友家

4 幫助進行會話

➡ 使會話溝通更流暢
不容易造成對方誤會

心理一：上下關係

第一項語言心理，就是「上下關係」。

日本人非常注重所謂「上下階級」的觀念。具體來說，日本人將自己和對方之間的上下地位關係，以三種形式表示：

* **上位者**：表示地位高於自己的人，例如長輩、上司、老師等等。
* **同輩**：表示和自己地位相近、較親密的人，例如同學、家人、朋友等等。
* **下位者**：表示地位略低於自己的人，例如學弟妹、公司後進等。

日本人注重「上下觀念」，也表現在日文的「敬語文化」上面。

敬語，顧名思義就是表示尊敬的語句，在日文當中，對地位高於自己的上位者，習慣使用「敬語」，對於地位和自己相同的平輩或是晚輩，則習慣使用「常體」，意思是平常使用的語句。

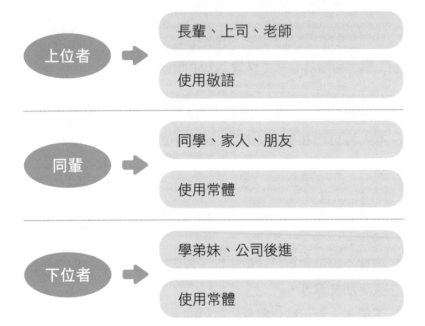

日本人的上下觀念

上位者	➡	長輩、上司、老師
		使用敬語
同輩	➡	同學、家人、朋友
		使用常體
下位者	➡	學弟妹、公司後進
		使用常體

　　值得注意的是，日本人使用的是「相對敬語」。我們在公司內部時，必須以敬語的形式來稱呼上司，例如「田中課長はいらっしゃいます」。但是如果是和公司客戶吃飯，聊到公司內的上司時，由於客戶的地位層級是最高的、高於上司，因此就不能夠以敬語的方式來稱呼自己公司的上司，而要說成「田中はいます」的形式，以表示對於客戶的禮貌和敬意。

日文的相對敬語

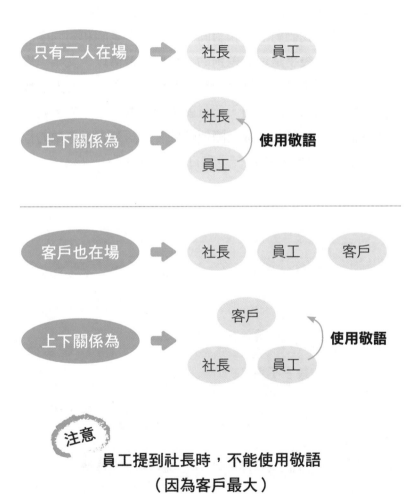

只有二人在場 ➡ 社長　員工

上下關係為 ➡ 社長　員工 **使用敬語**

客戶也在場 ➡ 社長　員工　客戶

上下關係為 ➡ 客戶　社長　員工 **使用敬語**

注意

員工提到社長時，不能使用敬語
（因為客戶最大）

那麼，中文呢？中文當中也有「令尊」、「令堂」、「家父」、「家母」等等敬語說法，前者表示對他人父母的尊敬，後者則用以稱呼自己父母以表示謙虛。

但是，現在的中文幾乎看不到「敬語」的蹤跡，除了「您」之外，我們對上司和對同事說話、對老師和對同學說話，在用字上幾乎是沒有差別的。我們不習慣以「文字」表示對於他人的尊敬，但是我們習慣使用「語氣」來表示尊重，當我們和老師說話時，語氣就會較為鄭重、緩慢，對於同學說話時，語氣就會較為隨便輕佻。以語氣表示尊敬的程度，是中文很大的特徵之一，和日文大不相同。

中文和日文的敬語差異

	中文	日文
使用頻率	幾乎不用	很常使用
種類	常用的只有「您」	分為尊敬語、謙讓語、丁寧語等等
表現方式	以語氣表達尊敬	以文字表達尊敬

　　具體來說，經由理解日本人的「上下關係」這項語言心理，可以在學習日文時幫助我們：

①了解日文中的敬語分類

　　日文中的敬語，一向被學習者視為相當大的難關，敬語主要分為三種，每一種的使用對象、使用方式和使用時機都各不相同，對於外國人來說相當棘手。但是如果理解了日本人重視上下關係的心理層面，學習起來就不會太過困難了。

②了解相同意思字彙的不同用法

　　許多相同意思的字彙，差別只有在於「尊敬程度」的高低，當我們理解了語言心理，知道了日本人使用敬語的情形，就會了解許多字彙該如何區別使用。

　　例如「勉強する」、「勉強します」、「勉強されます」、「勉強なさいます」都是一樣的意思，但是隨著對方的地位高低，我們也要使用不同的字彙，以適當表達尊敬的意思。

③溝通時減少文化摩擦

　　當台灣人前往日商公司任職時，經常會被斥責「不懂禮

數」、「沒有禮貌」，主要差別就是在用字遣詞方面。台灣人沒有以敬語表達尊敬意思的習慣，因此和日本人經常會因為彼此文化的不同，而產生各種磨擦，如果我們理解了日本人重視上下關係的程度，那麼也就不難理解他們為什麼這麼重視禮節了。同時也可以知道，在什麼樣的情況下不需使用敬語、在什麼樣的情況下必須使用敬語。

【本回任務】做到請打✔

☐ 理解日本人嚴謹的上下關係
☐ 理解日文的相對敬語
☐ 了解中文和日文的敬語差異

「上下關係」語言心理的重要性

1 了解日文中的敬語分類

➡ 克服日文敬語的學習難關

2 了解相同意思字彙的不同用法

➡ 幫助快速學習日文動詞變化

3 溝通時減少文化摩擦

➡ 增進人際關係和溝通能力

1 3 心理二：內外關係

第二項語言心理，是「內外關係」。

簡單來說，日本人很重視人和人之間的親疏關係，分為「內の人」和「外の人」，「內の人」指的就是和自己親密的人，例如家人或是非常好的朋友，中文可以翻譯成「內部的人」；「外の人」則是泛指所有關係沒有那麼親密的人，例如一般公司同事、客戶、學校同學、點頭之交、陌生人等等，中文可以翻譯成「外部的人」。我們用下一頁的同心圓來表示這樣的關係。

日本人這樣重視「內外關係」的心理，會反映在哪些地方呢？具體來說，有以下二點：

①對內部的人嚴格，對外部的人則有禮貌。
②對內部的人直接，對外部的人委婉。

舉例來說，許多日本企業奉行「お客様は神様だ（客戶是神）」這句信條，無論什麼事都將客戶放在第一順位。新進社員必須參加訓練課程，除了學習公司事務外，更必須

日本人的「內外關係」語言心理

外の人

內の人

💡 對內部的人嚴格，對外部的人則有禮貌

💡 對內部的人直接，對外部的人委婉

學習如何正確使用敬語，以免在和客戶的應對中失禮；雖然上司經常大聲斥責下屬，但是在面對外人時，無論如何都會展現友善的態度。日文當中，對於內部親近的人，會使用較為嚴厲的措詞，但是對於外部的人，則會使用帶有敬意、禮貌、較為友善的詞彙。

其次，日本人對於內部自己人較為直接，但是對於外部他人則會相當委婉。在日本人的習慣上，對於較親密的人，可以較直接表達自己的意見，但是對於他人，則會相當委婉，不會直接強調自己的看法，也不會直接否定對方的意思。

例如，日本人在拒絕邀約時，一般不會直接說「行きません（我不去）」，而會說「それはちょっと……（那有點……）」表示委婉拒絕。

其實這種說法某種程度上也是出於「禮貌」和「不造成對方困擾」，如果直接向對方表達自己的主張、或是直接拒絕對方，那麼就會顯得自己沒有為對方著想、沒有禮貌，同時會造成對方心理上的不快，間接造成對方的困擾。對於外部他人時，日本人傾向以間接、委婉的方式表達意見。

這樣的心理也會反映在具體的語言表現上。日文當中，對於內部親近的人，會使用較直接的字彙和措詞，但是對於

外部的人，則會傾向間接、委婉，使用模稜兩可的字彙，讓對方察覺自己的話中之意。

有趣的是，平時日本人對於家人朋友等較為親近的人，是不會使用敬語的，講話會使用較為直接的措詞（因為屬於「內の人」），但是當發生爭吵時，特別是夫妻吵架時，反而會向對方使用敬語。

在日本人的觀念中，對自己人不用敬語，對他人則必須使用敬語以表達禮貌。在爭吵時，對於對方的行為非常氣憤，氣到不把對方當作是自己人，因此會使用敬語的形式來說話，有種「反諷」的意思。例如在台灣，當男女朋友吵架的時候，女生一接起電話也會說：「先生您哪位啊？」

吵架時的「內外關係」轉變

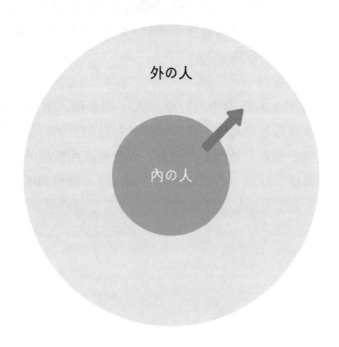

情侶或夫妻吵架時

內 ➡ 外　親近 ➡ 客氣

日文：由常體改成說敬語
中文：「先生您哪位啊」？

其實，台灣人也同樣有「內外之別」，對於自己人較能敞開心胸，對於他人則保持距離，但是我們的內圈和外圈的感覺，和日本人有相當大的差別，詳見 44 頁圖解。

日本人的內圈比我們小很多，表示其實他們將絕大多數認識的人，某種程度都當作「外の人」，保持適當的距離、適當的禮節；只有一小部份的人，例如面對家人時，才會毫無保留地將自己的意見全部說出來。但是這並不表示他們不重視你、沒有對你敞開心胸、刻意和你保持距離，只是彼此文化不同罷了，他們其實是很友善、容易相處的。

當我們理解了「內外關係」這項語言心理、了解日本人重視內外之別以後，能夠在學習日文時幫助我們：

①在會話時能了解對方的弦外之音

前面提過，日文當中，在拒絕別人時，並不會明確表示「不要、不行」，而是會將話說一半，例如「ちょっと……」「行きたいんですが……」這時我們就要知道這是委婉拒絕的意思。

另外，日本人為了怕對方心裡受傷，還會補一句「また今度誘ってね」，意思是：「下次再約我吧！」這也是委婉拒絕的意思，如果下次真的再約對方，還是會被拒絕的。

台灣人和日本人的「內外關係」差異

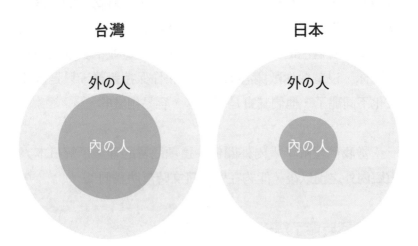

台灣　　　　　　日本

外の人　　　　　　外の人

內の人　　　　　內の人

因此台灣人可能會覺得日本人：
感覺較不熱情
感覺不容易熟
較不會談論私事
說話較客氣

　　這一類日文中的特殊用法和慣用表現，也許剛開始會讓人摸不著頭緒，但是只要了解日本人的內外觀念之別，就可以理解為什麼他們會這麼說了。

②理解日文中的特殊用法

　　在以日文進行會話時，事先理解他們的心理，也能夠有助於溝通和理解日文中的特殊用法。特別是服務業，店員對客人使用的語句，和我們平時使用的特別不同，稱為「サービス敬語（服務業敬語）」，長度特別長，也特別尊敬。例如「ちょっと待ってください」→「少々お待ちくださいませ」等等，但是店員彼此之間的對話就會較為直接。

「內外關係」語言心理的重要性

1 在會話時能了解對方的弦外之音

➡ 了解對方是答應邀請、還是委婉拒絕

2 理解日文中的特殊用法

➡ 理解為什麼日文會有落落長的敬語
了解為什麼日本人非常重視商業禮儀

【本回任務】做到請打✔

□ 理解日本人的內外觀念
□ 理解日本的委婉和説話間接文化
□ 了解台灣和日本的內外觀念差異

14 心理三：主客觀關係

語言心理三，是「主客觀關係」。

什麼是主客觀呢？在中文當中比較沒有這樣的區別，因此我們可能較難理解。日文當中，有些字彙給人的感覺較主觀，有些字彙的感覺給人較客觀，而日本人在說話時，通常會避免使用過於主觀、或是過於直接的詞彙，以免顯得自以為是、沒有禮貌。

①主觀用語

直接表達自己的主張，顯得較不客氣，而且感覺像是只以自己的眼光來看事情，會讓人有自以為是、不舒服的感覺，有時甚至會給人感覺是故意找藉口。帶有主觀色彩的詞彙，通常用於表示和自己有關的事情，而鮮少用來表示和他人相關的事情。例如中文當中「我覺得」、「我認為」、「就是這樣沒錯」這些用法，就明顯帶有主觀的感覺。

②客觀用語

　　不直接表達自己的主張和看法，而是以客觀的角度來描述事情。這樣會較具有說服力，同時給人的感覺會較為舒服，不會有過於主觀、自以為是的語氣。通常在講述別人的事情、或是談論正式話題時，都會避免使用主觀字彙，而偏向使用意思較為客觀的字彙。

　　有許多相同意思的日文字彙和文法，其實差別就只是在主觀和客觀方面。理解日本人看待「主觀」和「客觀」的差別後，能夠大幅度幫助我們學習日文，明白相似用法間的精確使用區別。

「主客觀關係」範例

原因理由

から：表示主觀認定的理由

ので：表示客觀的原因理由

例：電車が遅れた**から**、遅刻しました。
（因為電車誤點，所以遲到了。）

有「責任不在我、找藉口」的感覺。

例：電車が遅れた**ので**、遅刻しました。
（因為電車誤點，因此遲到了。）

有「客觀情況如此，沒有辦法」的言下之意。

天氣預報

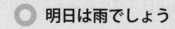 明日は雨でしょう

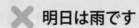 明日は雨です

由於沒辦法 100% 確定，因此使用推測語氣「でしょう」

當我們理解日本人對於「主客觀語氣」的心理之後，能夠在學習日文時幫助我們：

①區分日文中許多主客觀不同的相似詞彙

日本人會依據不同的情況使用不同感覺的字彙和用法，而且一般來說，較為客觀的用法，給人的感覺較為舒服。相信我們，往後在學習日文的過程中，一定會遇到愈來愈多這一類的字彙和句型，不過，只要掌握了日本人說話時的語言心理，知道有這類的差別，那麼在學習時就會輕鬆許多。

②避免發生誤會

這也是很重要的部分。如同我們舉的「から／ので」例子，若是使用過於主觀的字彙，容易造成別人不好的觀感，甚至造成別人的誤會，認為自己找藉口、太主觀、自以為是等等，即使說話者沒有那個意思，聽者卻會有不同的解讀。若要流暢地用日文進行溝通，在這方面的掌握，可以說是不可或缺的。

一點點小小的文法用字差異，就會造成整句話的意思大大不同，這是日文的特色之一。我們必須特別注意這方面的微妙差別。

「主客觀關係」語言心理的重要性

1 區分日文中許多主客觀不同的相似詞彙

➡ 這類字彙和用法不少，遇到時就不會驚慌失措了

2 避免發生誤會

➡ 使用太主觀的字彙，可能使對方誤會我們的本意

【本回任務】做到請打✔

☐ 知道什麼是主觀和客觀
☐ 了解日本人不太使用主觀用法，
　 一般偏向使用客觀用法
☐ 理解主觀用法可能會造成的誤會

15　心理四：較不承擔責任

第四項語言心理，就是「較不承擔責任」。

較不承擔責任，並非表示「不負責」的意思，而是日本人在說話時，一般不會把話說死，不會過於武斷，以避免當事情和預料中不同、發生問題時，必須承擔相關責任；或者是將話說得太滿，使得對方期待過高，最後落空時讓對方大失所望，如此則顯得不太厚道。

這一點和台灣人說話習慣大不相同，台灣人總是很豪氣地說：「沒有問題啦！」「包在我身上！」「這件事一定OK啦！」但是日本人則會極力避免過於武斷的說法，為自己留一些後路：「照理說應該不會有問題。」「我會盡力做好。」「這件事成功可能性很高。」類似這樣的話，比較像日本人習慣的說話方式。

「較不承擔責任」的範例

 特色 有許多推測和曖昧用法

日文	中文
～でしょう	……吧！
～と思われる	「被認為是……」，用於表達不確定的事物
～よう～そう	推測語氣「好像……」，表示自己也不確定的事物
行けたら行く	中文是「可以的話就會去」，常用於拒絕別人的邀約
結婚することになった。	直譯是「變成要結婚了」＝「我要結婚了」

理解日本人「較不承擔責任」的語言心理，能夠在我們學習日文時有以下具體幫助：

①了解日本人特有的說話方式，了解日本和台灣的差異

日本人說話時習慣保留一點餘地，不會將話說得太滿或太武斷，這一點和台灣人有相當大的區別，連帶影響日文中的措詞和說話方式。日文中有時語氣會較為曖昧，讓我們摸不著頭緒，不曉得他們真正的意思，例如日本人說：「この提案を前向きに検討させていただきます。（我們會積極考慮這次的提案）」那麼到底是接受、還是不接受呢？

不過，這就是日文特有的說話方式，在沒有完全確定之前，不會做出任何保證，這時只要耐心等待日本人完全確定後，做出進一步的回應即可。我們台灣人生性較為急躁，有時會對這樣的溝通方式感到不快，但是當我們了解日本人的心理後，也就能夠理解他們為什麼會產生這種說話習慣了。

②看似無用的文法，其實占了重要地位

在我們學習日文時，有些文法表現，看起來意思幾乎相同，似乎沒有區分的必要，但是如果從「不承擔責任」這一心理來看的話，就能夠大致理解許多看似無用的文法句型該用在什麼地方了。

　　例如店家在漲價時，可以說「価格を変更することになりました」或是「価格を変更しました」，中文意思相同，但是前者有「因為各項成本等不可抗力的情形而不得已漲價」，後者卻帶有「由於店家判斷而片面進行漲價」的語氣，因此日本店家一般傾向使用前者來表示，一方面較為委婉，一方面也較不用承擔相關責任，不會受到責罵。就這一方面來看，這些我們看似沒有具體效用的文法句型，其實在實際溝通時占了相當重要的角色。

【本回任務】做到請打✔

□ 理解日本人較不武斷、較不願承擔責任的心理
□ 認識日文中特有的「曖昧用法」

16 心理五：正式和非正式

第五項語言心理，是「正式和非正式的區別」。

同樣基於禮貌和「不造成別人困擾」的原則，日本人非常重視在正式場合時的用語。若在正式場合時，使用的字句不夠尊敬，那麼對於他人就會相當失禮，如果使用的詞彙過於隨便，不只自己給人感覺不好，還會連帶影響到家人或是公司的形象，造成身邊朋友的困擾。因此日本人在說話的時候，很注重「正式」和「非正式」用語的差別。

和朋友說話時的用語，不必太正式，但是和上司、客戶說話時，則必須使用正式用語；寫日記和寫網誌時，可以使用較口語的字彙，但是在撰寫商業文書時，就必須使用正式的字彙。

日本人注重「正式和非正式」區別的心理，也反映在以下日文用法的差異上：
① 一般用語和敬語
② 口語和文章用語
③ 正式和非正式場合用語

「正式和非正式」語言心理

1 一般用語和敬語

➡ 一般：くれます・もらいます
敬語：くださいます・いただきます

2 口語和文章用語

➡ 口語：でも・つまり
文章：しかし・すなわち

3 正式和非正式場合用語

➡ 正式：わたくし（自稱）・〜でございます
非正式：わたし、俺（自稱）・〜です

首先，日文中的敬語就是最明顯的例子，關於日文的敬語，我們在先前的篇幅中已經談論了許多，在此不贅述。當我們和家人朋友聊天時，使用的是一般用語，也稱為常體，但是在面對上位者，例如公司上司或是客戶時，為了表示敬意，則必須視為正式場合，使用較為正式的敬語。

其次，日文的字彙和文法，也分為「口頭用語」和「文章用語」。

口頭用語，指的是在口語會話時使用的字句，較為淺顯易懂。文章用語，則是指用在文章、書本、信件、商業文件等等的字句，較為艱深。平時我們說話時，會使用較為口語的字彙和文法，但是當我們在書寫文章、正式書信的時候，就會使用文章用語。在小說和文學作品中，也會看到較多的文章用語。這些文章用語通常較為複雜難懂。同樣意思的字彙和文法，有時僅僅只是口語用語和文章用語之別，意思相同，但是使用時機不同。

還有，日本人在正式場合和非正式場合中，使用的字彙和文法句型也不同。正式場合，指的是演講、會議、商業洽談、正式聚會等等情況，較為鄭重嚴肅；非正式場合，則是指家人、朋友、同事間的閒談，較為輕鬆隨意。正式場合中的用語較為鄭重，經常使用帶有尊敬和謙虛意思的詞彙，非正式場合的用語則較為淺顯，相當於剛才提到的口頭用語。

最後，有趣的是，在正式場合時，發音也會有所變化。我的一位日本友人，她在便利商店打工的時候，聲音就和平時聊天的聲音不同，平時的聲音較為低沉，工作時的聲音則較為高亢、有元氣。服務業會特別要求店員的說話聲調和說話語氣，店員說話的聲音必須要讓客人有舒服、愉快的感覺，比起低沉的語調，高亢的聲音會讓人較有精神。因此，當我們去便利商店或是餐廳時，都可以看到日本服務員面帶笑容，同時聲音高亢而有精神。並不是每個人天生聲音就高亢清亮，但是當身處正式場合、在工作時，就得盡力提高自己的聲音，讓人聽起來舒服有精神。

理解日本人關於正式和非正式用語差異的語言心理，在學習日文時，具體來說可以幫助我們：

①在會話時不致於失禮

理解了日本人注重正式場合和使用正式用語的心理，往後若有機會參加演講、聚會、撰寫文章時，就知道應該使用正式用語和文章用語，而不致於發生失禮的情況。

②除了學習日文之外，也能學習日本人的習慣

理解正式和非正式的差別，除了有利於我們學習日文之外，也有助我們理解日本人的習慣和價值觀。許多人疑惑為

什麼日本上班族要穿同樣的制服、為什麼餐廳服務生的用語特別不同、為什麼道謝和道歉時要敬禮 90 度等等，但是只要知道了日本人重視正式場合的程度，也就不難理解為什麼他們會有如此的習慣了。

③了解如何學習艱深文法

我們在課本、教科書上，經常會看到一些複雜的文法，特別是在日文檢定 N1、N2 的教科書中，更是會學到一些平時使用頻率較低的艱深文法。這一些較難理解的文法，許多都是屬於文章用語或是正式用語，只有在特定情況下才會使用。了解日本人的語言心理後，就能夠理解為什麼日文中有這麼多複雜難懂的文章用語和正式用語了。

【本回任務】做到請打 ✔

☐ 理解日本人重視正式場合的心理
☐ 了解為什麼日文會有複雜的敬語
☐ 理解為什麼日本人講究商業禮儀
☐ 了解日文的「正式、非正式」和「口語、文章」區別

「正式和非正式」語言心理的重要性

1 在會話時不致於失禮

➡ 了解何時使用正式用語

2 除了學習日文之外，也能學習日本人的習慣

➡ 有助於理解日本人的禮儀和價值觀

3 了解如何學習艱深文法

➡ 許多 N1 ～ N2 的複雜文法，
都是起因於日本人重視正式場合的心理

02
Chapter

文法學習訣竅
——知識篇

2 1 文法是什麼？
文法有多重要呢？

> 什麼是「文法」呢？即文章的書寫法規，一般用來指以文字、詞語、短句、句子編排而組成的完整語句和文章的合理組織。
>
> ——維基百科

儘管字典對於文法的解釋和定義各不相同，但是我們可以站在語言學習的立場，將文法的定義和功能解釋如下：

將語言的使用情形規則化，以利學習。

我們在使用中文的時候，屬於無意識的行為，不必思考文法、不必思考句型、不必思考字彙，很自然地就能夠說出一口流利的中文，並且能夠用「語感」分辨出細微的差異。

舉例來說，當我們看到朋友時，會開口問候：「你好嗎？中午吃了什麼呢？」大家絕對都同意這是一句正確的中文，但是如果問你，這句話裡面的疑問詞「嗎」和「呢」有什麼差別？大部分人應該不知道該如何回答吧。

我們知道如何流利地使用中文，具有天生語感，能夠判斷什麼是正確的中文、什麼是錯誤的中文，但是我們卻不知道中文的「使用規則」，一旦別人問起，就不曉得如何回答。

所謂的「文法」，就是將我們平時習慣使用的語言，從各種使用情形中整理出一定的規則、條文，我們在不知不覺之間，都是根據著這些規則正確地使用中文。

例如上述問題，中文的疑問詞「嗎」和「呢」有什麼差別？其實差別在於「嗎」用於對方會回答「對、錯」的 Yes ／ No 疑問句型，「呢」則用於對方會回答「具體事情」的 What 疑問句，例如：

「你吃飽了嗎？」
「對啊，我吃飽了。」

「吃了什麼呢？」
「吃了豬排和味噌湯。」

我們並不知道這些規則，但是在實際使用中文時，仍然會在無意識間遵循著規則。這些就是我們所說的「文法」。

什麼是「文法」？

定義

將語言的使用情形規則化

目的在幫助學習語言

【範例】中文的文法
　　「嗎」：用於回答「對、錯」的 Yes ／ No 疑問句
　　「呢」：用於回答「具體事情」的 What 疑問句

　　例：
　　你吃飽了嗎？　對啊，我吃飽了。
　　吃了什麼呢？　吃了豬排和味噌湯。

我們將文法的重要性整理如下：

①讓語言學習更有效率

由於文法是將日常生活所使用的語言，加以系統化、規則化的東西，因此在我們學習外語時，若能夠了解該語言在具體使用上的規則，那麼當然有助於學習、讓我們在學習時更有效率。對於我們來說，在學習外語時，很難像中文一樣可以用「直覺」來判斷在什麼時候該說什麼樣的話，也不像中文一樣「下意識」就能夠說出非常自然沒有錯誤的語句。我們通常都是先學習語言的規則（文法），再依照學到的規則來判斷什麼樣的用法是正確、而什麼樣的用法又是錯誤的。

如果說我們能夠使用母語中文，創造出無限多正確的語句，**那麼文法的功能，就是協助我們，讓我們也能夠使用外語，創造出無限多正確的語句。**

②讓我們說話有條理

我們時常會說「那個人說話好有條理」、「他說話真有邏輯」、「他說話亂七八糟都聽不懂」，一般我們覺得聽起來很有條理的話，通常都是文法正確而通順的語句。文法不只能幫助學習語言，還能讓我們說出來的話更加通順。

舉例來說，台灣人就經常犯一些中文文法的錯誤，常見的有：

「有在」：我有在注意新聞。
「也不是沒有」：我也不是沒有喜歡你啦⋯⋯

以上的中文聽起來，是不是有些卡卡的不通順呢？這些稱作「贅字」，也就是多餘的字，而以上用法，也並非正確的中文文法，應該改成：

我時常注意新聞。
我不是不喜歡你啦⋯⋯

修改之後，中文是不是通順多了？相同地，在學習日文時，文法除了可以幫助學習外，另一項很重要的功能，就是讓我們說出來的日文聽起來很通順，不會有贅字和奇怪的用法。熟悉文法後，說出來的話自然顯得通順而有條理。

③利於成年人學習外語

小孩記憶力好，很容易記得事情，大人的記憶力不像小孩那麼好，但是大人的理解能力則遠遠超過小孩。因此，如果我們只以背誦的方式學習，背誦單字、背誦文法、背誦句型，那麼絕對是沒有效率可言的，那是適用於小孩的方法，

同時這麼做也浪費了身為成年人的天賦——理解力。

大人真正擅長的事情，是學習文法、理解文法，並且利用文法去建構出正確的語句。文法可以加快我們的外語學習速度，它直接告訴我們語言系統的規則，我們只須照著規則走就可以了，比起單純記憶，理解文法顯得輕鬆許多。就像在登山時，比起用頭腦記住所有登山路徑，在走過的路上畫上記號，才是有效預防迷路的方法。

④文法是培養「語感」的不二法門

「語感」的意思是「語言的感覺」，我們能夠以直覺說出正確的中文，並且以直覺就能夠判斷某句中文是否錯誤，是因為我們擁有「中文語感」的關係。學習文法，則有助於我們建立「外語」的語感，也許一開始我們必須想很久才能說出正確的日文、或是想很久才能知道這句日文對不對。但是時間一久，當我們對於常用文法十分熟練之後，也能擁有類似中文的語感，有時候憑「感覺」，就能夠說出合乎文法的精準日文。

文法相當於語感的地基，若是對於文法概念非常清楚、熟悉，地基穩固之後，就能夠慢慢培養出語感，擁有能夠下意識說出正確自然語句的能力。

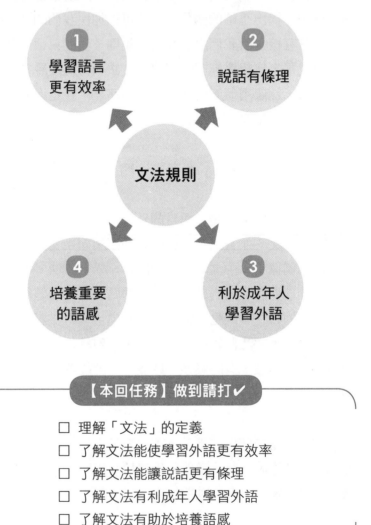

「文法」的重要性

1 學習語言更有效率

2 說話有條理

文法規則

4 培養重要的語感

3 利於成年人學習外語

【本回任務】做到請打✔

☐ 理解「文法」的定義
☐ 了解文法能使學習外語更有效率
☐ 了解文法能讓說話更有條理
☐ 了解文法有利成年人學習外語
☐ 了解文法有助於培養語感

2 2 文法能夠給我們什麼協助？

> 人和動物的不同點，在於人可以經由別人的經驗改
> 正自己的錯誤。
>
> ——熊谷正壽，暢銷書《記事本圓夢計劃》作者

　　我們在上一章節，簡單介紹了「文法」是什麼東西，以及「文法」的重要性。本章節的問題更為具體：學習日文時，文法可以幫助我們什麼呢？

　　首先，先前提到過的「語言心理」，就屬於文法的一種。任何可以幫助我們將語言系統規則化的工具，都屬於文法的範疇。我們不只能夠學習日文本身，更能經由理解五項語言心理，可以了解日本人在說話時的想法，幫助學習日文當中的特別用法、相似句型以及日本人的特殊習慣等等。文法不只是僵硬的課本條文，也可以是很生活化的態度和行為。

　　其次，有許多人學習日文一段時間後，會有相同的困擾，就是很難開口將日文流利地說出來。即使閱讀能力和聽力已經到達了某種程度，也具有通過日文檢定的實力，但是

一旦開口說日文，不是容易吃螺絲、就是容易斷斷續續、無法將所知道的單字連結成一個完整的句子，只能進行片斷式的會話。

　　舉例來說，有些人很難說出：「来週日本に行くけど、迎えに来てくれる？」這樣完整的句子，而只能使用單字進行會話，像是：「来週、日本行く、大丈夫、来て？」會發生這樣的情形，一般來說原因都是「文法不夠熟練」。單字像是拼圖，文法像是接著劑，只知道單字是不夠的，如果沒有文法將單字固定在適合位置、形成一句完整意思的語句，那麼說起話來就容易結巴和斷斷續續。文法熟練的話，就能夠避免片斷式的會話，我們知道怎麼使用文法將單字「串起來」後，就能流暢地將日文說出來。

　　綜合來說，「文法」能夠在學習外語時，給予我們以下的協助：

①加快學習速度

　　比起單純背誦，「理解文法」能夠讓我們以更快的速度學習外語，更快看懂文章、更快聽懂外國人在說些什麼。

②表達完整意思

能夠輕易以外語說出完整的句子，表達完整的意思，而不會說起話來結巴、斷斷續續，或是只能使用單字勉強進行溝通。

③能夠自由學習

學習文法到一定程度，對於外語文法較為熟悉之後，就可以看懂簡單的文章、聽懂簡單的會話，這時可以暫時離開課本，挑選自己喜歡的素材獨自進行學習。擁有初步日文能力之後，可以使用日劇、電玩、漫畫、小說等等媒介來吸收文法和字彙知識，而學習和熟練文法，就是培養初步日文程度的最快方法。

④主動獲取資訊

在文法到達一定程度之前，我們只能被動閱讀課本，從課本學習文法知識，但是當我們的文法程度到達初步水準之後，就可以使用各種方式，主動接收我們有興趣的資訊，例如使用網路觀看外國新聞等等。原本是消極從課本學習日文句型，變成積極從各方面獲取相關的日文文法、字彙等知識，更具學習效率。

⑤加強會話溝通

　　文法不僅能夠幫助我們說出完整句子，也可以補強我們所具有的日文語感，減少在使用日文時的錯誤情形，使我們在以外語進行會話溝通時更順暢、更能精確傳達自己的想法，不容易造成對方誤會。

　　文法的角色如此重要，能夠從各方面幫助我們學習日文，因此，文法教材就顯得特別重要。使用好的文法教材和不適合的文法教材，會讓你的處境宛如身處天堂和地獄，我們將在之後章節，談論「研究型文法」和「學習型文法」二種截然不同的文法類型。

【本回任務】做到請打✔

□ 了解學習外語時，文法帶給我們的五項協助

「文法」給予我們的協助

 1 加快學習速度

 2 表達完整意思

 3 能夠自由學習

 4 主動獲取資訊

 5 加強會話溝通

23 為什麼總是學不會？
──文法的習得速度

今天很殘酷，明天更殘酷，後天很美好。許多人死
在明天晚上，看不到後天的太陽。

──馬雲，中國網路教父

我們知道文法的角色很重要，也知道文法可以幫助我們
學習日文，於是我們翻開課本，開始學習課本上提及的文法
知識。

現在問題來了。到底要學習文法到什麼樣的程度，才
會具體感覺到自己進步了呢？我們在一開始學習文法時很吃
力，難道往後學習起來都會如此困難嗎？我們要學多久的文
法，才能夠使用簡單的日文進行會話呢？

這些問題的共同關鍵，就是「文法的習得速度」。文法
對於我們有幫助，這是一回事，我們必須學習多久的文法才
能感受到進步，這又是另一回事。總不能學了好幾年，卻還
是無法開口說日文吧？到底我們文法能力是以什麼方式進步
的呢？進步的速度如何？學了日文一段時間後，文法會學起
來較輕鬆嗎？

首先，在學習日文的時候，會碰到三塊大石頭。意思是當我們在學習日文文法的時候，會遇到三大難關，分別是「五十音」、「動詞變化」、「敬語」，一般在這三個部分會耗費較多的學習時間。

日文學習的「三塊大石頭」

五十音

動詞變化

敬語

當我們在學習「五十音」、「動詞變化」和「敬語」時，會耗費比平時更大量的時間和精力，這是正常的。你需要一點時間，才能衝破這三個關卡，不過當你克服每一道關卡後，日文能力就會向上提升許多。

接下來我們將說明，文法是以什麼方式進步，以及隨著學習階段的不同，進步的速度也會有所差異。

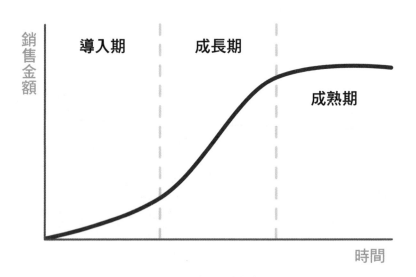

首先請看上面這張圖。這張圖表的名稱為「產品生命周期表」，常用來描述一項商品從上市、獲利、競爭，一直到從市場上消失的過程。先解釋一下這張圖表的原始意義，橫軸為時間，縱軸為商品銷售金額的總合，因此，曲線代表的就是，商品在每個時間點的不同銷售金額變化，從上市一直

到消失在市場之中，每個階段的成長速度都不相同。

下面這張圖表，則可以直接拿來解釋我們學習外語時「語言能力」成長的過程，我們稱之為「語言能力圖表」。在新的圖表中，將縱軸換成「語言能力」，而非原本的「銷售金額」總合。

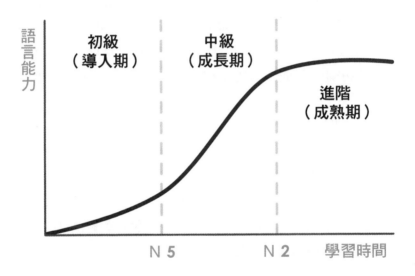

①初級（導入期）

在我們剛開始學習日文時，沒有任何日文基礎，因此語言能力是零。我們努力背誦五十音、學習基本發音和基礎文法，想辦法記住簡單的單字和片語，非常刻苦地學習。但是顯然日文之神並沒有看到，我們在剛開始起步的這段時間，

語言能力進步的速度很慢，努力了很久，但是看起來幾乎沒有什麼進步，真是讓人灰心。

②中級（成長期）

經過一段時間後，大約是通過日文檢定 N5 之後，我們會像突然開竅一般，對於日文開始產生熟悉感，開始了解單字的發音規則、理解文法句型的意義；我們開始能夠開口講出一點點的日文，而不像剛開始會怕怕的不敢開口；我們會覺得似乎能看懂簡單的文章，聽得懂一些簡單的日文會話。

我們開始感到些許的成就感，學習語言變成很令人興奮的事情，我們可以明顯察覺自己的理解力和記憶力變好了，以往被文法困擾的情形減輕了。在這個階段中，我們學習到大量的文法，語言能力也有顯著的提升，隨著學習時間和練習時間的增加，日文能力會愈來愈好，我們漸漸會具有通過日文檢定 N4、N3、N2 的實力。

③進階（成熟期）

如果我們想再繼續努力，例如想考取日文檢定 N1、想進入研究所、想閱讀日本古典文學、想從事翻譯工作的時候，就必須學習更深入的文法、學習更冷僻的單字，我們可能必須學習一些文章用語、正式用語，以及平時用不到的深難文

法。這時成長速度就會逐漸減緩，不像之前成長期的時候進步那麼快，我們得花費大量精力和時間，去研讀這些平時用不到、但是特殊情況下會用到的深難文法句型。

我們至少可以從這個圖表中，知道下列四項事情：

①學習語言時，有進步快的時候，也有進步慢的時候

有時候學習效率良好，有時候學習效率不好，有時吃力，有時不那麼吃力，是非常正常的事情，不可能總是一帆風順，也不可能每次都遇到暴風雨。因此當你發現遲遲沒有進步時，不必灰心，以正確的學習方法堅持下去就對了。

②學習語言時，至少會經歷二次卡住的情形，稱之為撞牆期

一般來說，在剛開始學習、一直到熟悉進入成長期前，你會覺得似乎自己特別笨、怎麼學都學不會，這時你位於導入期；等到過了成長期，開始學習深入文法之後，你也會覺得似乎遇到了低潮、語言能力原地踏步無法再精進，這時你位於成熟期，必須靠時間慢慢熟練。

③在成長期中，會學習到大部分實用的文法

從圖表中可看到，成長期的語言能力進步程度，幾乎占了全體的 60% 以上，這代表我們在成長期中，會學習到大部分生活中實用的文法，獲得大部分以日文溝通的會話能力。這時簡直就像是青春期，怎麼吃都不會胖，還能愈長愈高。

換句話說，如果你害怕動詞變化或其他文法而停留在基礎階段，遲遲不肯繼續學習的話，那麼幾乎等於沒有學到日文。也就是說，如果一直停留在導入期，沒有進入成長期的話，那麼你的日文聽起來就會像小嬰兒說話，斷斷續續而且詞不達義，讓人聽不懂你在說什麼。

④度過導入期之後，就可以使用日文進行簡單會話了

那麼，文法要學習到哪個程度，才能運用日文進行簡單的會話、並且閱讀簡單的文章呢？答案就是，當過了導入期、進入成長期後，你就算是擁有了初步的日文能力，可以進行簡單的溝通和閱讀。

換句話說，當你擁有通過日文檢定 N5 的實力，正著手準備 N4、N3 的試驗時，就可以在課本之外，選擇簡單的動畫影片、圖書繪本等等來學習，同時運用基本的單字和句型來和日本朋友閒話家常。下次當你學到很疲累的時候，請想起我們這張圖表，繼續努力，別因為一點點挫折，就讓你中斷了日文學習之路。

「語言能力」圖表告訴我們的四件事

 1 學習語言時，有進步快的時候，也有進步慢的時候

 2 學習語言時，至少會經歷二次卡住的情形，稱之為撞牆期

 3 在成長期中，會學習到大部分實用的文法

 4 度過導入期之後，就可以使用日文進行簡單會話了

【本回任務】做到請打✔

☐ 理解日文學習路上的三塊大石頭

☐ 理解初級、中級、進階的進步速度差異

☐ 了解遇到撞牆期是很正常的，不用灰心

☐ 了解若是害怕動詞變化而不繼續學習，會永遠無法進步

☐ 了解到達母語程度要花很多時間，但是到達會話流暢程度則不用花那麼多時間

24 研究型文法和學習型文法

> 任何一個有智力的笨蛋都可以把事情搞得更大、更複雜，也更激烈，往相反的方向前進則需要天分，和很大的勇氣。
>
> ——愛因斯坦（Albert Einstein），諾貝爾物理學獎得主

當我在大學課堂上學習日文時，感到最疑惑和不解的問題之一，就是：文法非得有那麼多的艱深用語、分得那麼細嗎？

無論是課本或是老師黑板上的講解，不是充斥著許多語言學專有名詞，就是將一項文法區分地非常細，時常一個助詞就有一大堆不同的使用方式，光是用眼睛看就令人頭昏，更別說要記起來了。例如：

日文動詞和形容詞的基本型態，有基本形、未然形、連用形、終止形、連体形、假定形、命令形。日文助詞「は」的使用方法有，表示恆常性判斷、提示確定性判斷、表示對比、判別否定性質和狀態、提示疑問句之主語、同類中提示主題、功能及

於句末⋯⋯等等。

各位看得懂這些文法解釋嗎？我一直覺得很不解，為什麼會出現這麼多專有名詞和複雜分析呢，難道撰寫教材的人不知道這是寫給沒有日文基礎的初學者看的嗎？難道老師不知道台下的學生的日文都是從零學起嗎？使用這些我們根本看不懂的方式解說，根本就達不到學習的效果，也體會不到學習的樂趣。

其實，這一類複雜的文法，主要功能是用於「學術研究」，也就是研究所來做研究時用的。

研究所的目的是進行學術研究，為了深入探討隱藏在語言背後的文化、歷史以及使用方法，我們必須進行相當仔細的推論，因此必須將語言中的每項要素一一進行命名，以方便進行深入研究，因此會產生許多專有名詞，以上所舉的深難字詞，就是一例。在研讀論文和進行研究時，我們會使用為數眾多的語言學專有名詞，以表達各種語言中非常細微的差異處，同時也會將一項文法句型抽絲剝繭，研究在不同情況下的不同使用方式。此外，分類也會相當細密，一項文法，根據使用時間、地點、對象的不同，有時就能夠區分為好幾十種使用方式、各自具有不同意義。

我們將這一類專門用於學術研究的文法，稱為「研究型

文法」，而將適合我們學習日文時使用的文法，則稱為「學習型文法」。

目前許多教科書和課程的最大問題，就是將做研究用的「研究型文法」，直接當作「學習型文法」，在課堂或書本上教導學生，使得許多學生為此而痛苦不堪。

我們先來談一下，什麼是研究型文法、什麼是學習型文法、各自有什麼特色？以及為什麼我們學習日文的時候必須使用學習型文法呢？

＊ **研究型文法**：顧名思義，以學術研究為用途的文法。
＊ **學習型文法**：專門設計給學習者使用，適合學習外語的文法。

以目的來說，研究型文法和學習文法，在根本上的不同點在於：

＊ **研究型文法**：目的是專業學術研究，對象是學者專家，存活在大學研究所中。
＊ **學習型文法**：目的是讓外國人學習，對象是沒有基礎的外國人，存活在教室課堂書本中。

	研究型文法	學習型文法
定義	顧名思義，以學術研究為用途的文法。	專門設計給學習者使用，適合學習外語的文法。
例子	五段動詞、上一段‧下一段動詞、サ變‧カ變動詞	第一類動詞、第二類動詞、不規則動詞
難度	**不易理解** 　主要用於學術用途，因此用字遣詞和敘述方法，都非一般人可以輕鬆理解。	**淺顯易懂** 　解釋方式淺顯易懂，即使是完全沒有日文基礎的外行人也能夠看懂。
分類	**分類複雜** 　會依據當時情境、時間和對象，區分地相當複雜，進行深入分析和對照研究。	**分類單純** 　針對單一文法項目進行解說時，會儘可能將分類單純化，減少例外情形，以容易記憶為目標。
目的	**追求學術正確** 　背後必須有學術證據支持，不能擅自憑空進行推論，例如需註明引用自某篇著名的論文等等。	**追求學習效率** 　使用簡易的字句、易懂的說法來解釋看似艱深的文法概念，並且加以系統化，以提升學習效率為第一考量。
專有名詞	**專有詞彙多** 　研究型文法最大的特色，就是語言學專有名詞很多。許多專有名詞只適合研究工作，不適合用來教學，一般人很難理解。	**較少專門詞彙** 　語言學專有名詞是研究生拿來研究用，而不是給一般人拿來學習日文用的。

關於文法，日本國內也有類似的區分方法。日本人將日文中的文法分為二種，分別是「国語文法」和「日本語文法」，與研究型文法和學習型文法的概念類似。「国語文法」是用來教授日本小孩的日文文法，通常用在日本國小和國中的國語課堂中；「日本語文法」則是專門用來教外國人日文的文法。二者內容完全相同，不同的地方，在於「日本語文法」的解釋較為淺顯易懂，用字遣詞也較為簡單。

因此，在學習文法、挑選文法教材、選擇文法課程時，請切記一定要選擇「學習型文法」。別選擇「研究型文法」的書籍或課程，不然學習日文時會感到很痛苦。如果你現在看的日文課本、或是上的日文課程，是使用「五段動詞」、「サ変・カ変動詞」這樣的方式解釋動詞，那麼你就知道這是不適合學習的「研究型文法」。最好的方法，應該是選擇「第一類動詞」、「第二類動詞」這種簡單易懂的文法說明教材，才是快速學習日文的捷徑。

想知道更多日文的「學習型文法」實例嗎？到「音速日語」網站逛一下就會知道了，當中有數十篇文法教材，都是以「學習型文法」的形式編寫而成，沒有深難字詞、沒有複雜解說、沒有專有名詞，是我們試驗過，最適合學習日文的文法教材形式，即使完全沒有日文基礎，也能輕易上手。

研究型文法　VS　學習型文法

研究型文法

也稱「国語文法」

　例：動詞種類分為三種，
　　　「五段動詞」
　　　「上一段・下一段動詞」
　　　「サ変・力変動詞」

學習型文法

也稱「日本語文法」

例：動詞種類分為三種，
　　「第一類動詞」
　　「第二類動詞」
　　「不規則動詞」

【本回任務】做到請打 ✔

☐ 了解什麼是「研究型文法」和「學習型文法」

☐ 理解為什麼「研究型文法」不適合用來學習外語

☐ 實際閱讀「音速日語」的教學文章，體會什麼是「學習型文法」

☐ 實際到書店，挑選一本「學習型文法」的易懂文法書

25 文法的正確和錯誤是絕對的嗎？什麼是正確的文法？

當我們使用課本或是在課堂上學習日文時，經常會因為各式各樣的文法錯誤，而受到老師的糾正，有時是意思不通順、有時則是使用錯誤的助詞。但大多數情況是，當我們使用和課本、或是老師教的內容不一樣的文法句型時，就會受到指正，要求我們按照課本和老師教的方式，因為那才是正確的日文。

不過，我們在學習日文時，經常會遇到一項困擾：當我們實際在日劇、電玩、小說中聽到的日文，和課本上教的日文不同的時候，我們該相信課本、還是該相信我們的耳朵呢？到底哪一方才是正確的呢？我們要相信老師說的、還是相信日本人真實在日常生活中使用的日文呢？我們該如何判斷什麼文法是正確的、什麼文法又是錯誤的呢？

我們只需要知道這一點，文法的對錯只有一項準則：多數人使用就是對的。無論少數人如何堅持、無論學者老師如何主張，只要是社會上多數人使用的語言、使用的文法、使用的字句，就是正確的，無論在學習外語或是使用母語，情況都一樣。

　　文法並沒有絕對的對錯，只要是多數人習慣使用的用法，就是正確的文法。日本人實際在日常生活中所使用的日文，即使和課堂上教的不同，仍然是正確的日文，而且更為道地。

　　不過要注意的是，「食べれる」、「全然うまい」這類說法算是比較新的用法，多用於日常口語會話之中，若是正式場合或文章書信的話，一般還是較少使用喔！

【本回任務】做到請打✔

☐ 了解文法準則：多數人使用的文法就是正確的文法
☐ 注意流行語或過於口語的用法，不太能用在正式場合

文法的對與錯？

準則：多數人使用就是對的

範例 1：動詞可能形の「ら抜き言葉」
> 傳統用法：食べられる（可以吃）
> 現在用法：食べれる　（可以吃）

範例 2：用於肯定語氣的「全然」
> 傳統用法：全然うまくない（只能用於否定）
> 現在用法：全然うまい　（亦可用於肯定）

注意
正式場合仍然會以傳統用法為主

2 6 最好的文法學習準則，就在吉野家！

多費功夫在能簡單做完的工作上，只是白費精力。
——奧卡姆的威廉（William of Ockham），
「奧卡姆的剃刀」理論提出者

　　我們學習日文一段時間後，逐漸熟悉了常見文法和字彙，也擁有了基本的會話能力和閱讀能力，可以和日本朋友進行日常對話，也有能力閱讀日本作家的現代小說。不過，在文法愈學愈深入，大約是通過日文檢定 N2 考試，準備報考 N1 考試的時期，這時我們會碰到一項大難題：為什麼有這麼多複雜的文法啊？有些文法甚至平時完全沒看過！

　　沒錯，當你的日文愈學愈深入之後，就會碰到許多很艱深、很複雜、不容易理解、平時看起來也用不到的文法項目。雖然看起來平時用不到，但是為了通過考試（一般是日文檢定），還是得花時間學習。例如：「～と相俟って」、「～かろうじて」、「～ものともせず」、「～を皮切りに」這些文法，平常極少用到，但是都屬於日文檢定考試的範圍。

問題來了，我們一定得學習這些用不到的文法嗎？一定得學習這些複雜的文法嗎？學習這些文法有什麼意義呢？

①通過考試

如果你由於種種原因，必須拿到日文檢定 N1 證照，那麼就得熟悉這些不實用的文法，無從選擇。

②顯得有內涵

如果你有很多機會在公開場合演講、聚餐、致詞，那麼或許需要多學習一些日文的文章用語和正式用語，以顯得特別莊重和有涵養，文章用語如同我們的文言文和詩詞一樣，會讓人覺得很有學問。

③學術研究

如果要在研究所深入探討語言領域的詳細知識，那麼不僅必須了解基本文法，也得對這些艱深文法條文相當熟悉才行，而且還必須了解許多語言學專業用語，學習所謂的「研究型文法」。

「複雜艱深文法」的用途

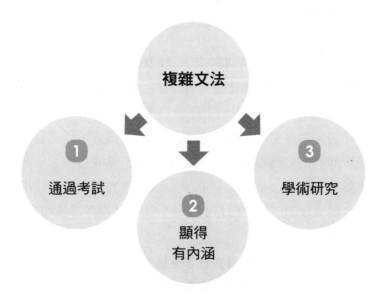

複雜文法

1 通過考試

2 顯得
有內涵

3 學術研究

除了以上情境之外，學習平時用不到的複雜文法，其實沒有意義可言。如果你不考試、不是學者、不常演講、也不翻譯小說的話，那麼學習太過深難的文法，本身就是一種浪費時間的行為，不如去複習之前學過的基本文法，對於會話口語能力還比較有幫助一些。

結論是，我們必須學習符合現代溝通需求的文法。簡單來說，就是學習那些在日常生活中用得到的文法，因為文法的最大目的，就是讓我們可以快速理解外語，然後將外語流利地使用出來。

　　那麼，真正符合溝通需求、我們必須學習的文法，長得什麼樣子呢？其實答案就在「吉野家」的宣傳標語中。

　　「吉野家」是一間專賣蓋飯的連鎖速食店，以便宜美味出名，他們的宣傳標語是「速い！安い！美味しい！」翻成中文就是「快速、便宜、好吃」，以便宜的價格，迅速提供美味餐點。我們所應該學習的文法，也應該像是這個樣子：

　　速い：能夠快速應用在日常生活中。
　　安い：內容簡單易懂，沒有深難字詞。
　　美味しい：能夠幫我們簡單清楚表達自己的想法。

符合溝通需求的文法＝吉野家！

速い！　　➡　能夠快速應用在日常生活中。

安い！　　➡　內容簡單易懂，無深難字詞。

美味しい！　➡　能夠幫助我們簡單清楚表達自己的想法。

符合現代溝通需求的文法，如上所述，必須能夠以最快速度、簡單易懂地表達自己的想法。因此，學習太過困難的文法與專有名詞，是沒有意義的，不但得花許多時間思考、不容易使用、而且對方也不見得聽得懂你在說什麼。我們應該學習實用的文法，學習那些平時會頻繁使用於會話之中的文法句型。

結論是，以會話取向的實用文法為中心，學習真正會在生活中用到的文法句型。行有餘力，不，即使行有餘力，也不建議你花時間去學習文章用語、古典文法等等不實用的領域知識，不如將時間花在複習和練習已經學過的文法句型，如此更能提升日文能力，幫助你以日文說出流利的會話。

【本回任務】做到請打✔

☐ 理解複雜艱深文法的用途：考試、有內涵、學術研究
☐ 了解實用文法的法則：速い、安い、美味しい！
☐ 了解提升會話能力的最佳方法，就是練習已經學會的
　　文法句型

03
Chapter

文法學習訣竅
——實戰篇

記憶整個句型，別記單一文法

什麼是句型學習？簡單來說，就是當我們學習文法時，儘可能避免記憶某個單獨助詞、單獨文法，最好的方式是「記憶一整個句型」，從句型中來學習文法知識。

例如：自我介紹時，直接記憶「はじめまして、私は○です。よろしくお願いします。」一整句話，而別單獨記「はじめまして」、「よろしく」等等單字和文法表現。

學習助詞「に」、「へ」時，別記憶「に＝表示目的的助詞」、「へ＝表示方向的助詞」，而是直接記憶「～に（へ）行きます・来ます」等等句型。

學習肯定句和否定句的時候，也別硬背「です＝肯定」、「ではありません＝否定」，同樣應該記憶完整的句型，例如「私は学生です／私は先生ではありません」、「図書館は静かです／図書館は静かではありません」，如此一來學習文法的同時，也能知道如何應用在實際會話中。

什麼是「記憶句型」？

▲ 儘量別只記憶單獨文法

⚪ **記憶整個句型**

▲ に＝表示目的的助詞　へ＝表示方向的助詞

⚪ **私は　地點　に・へ　行きます／来ます**

▲ です＝肯定　　ではありません＝否定

⚪ 私は学生です。
私は先生ではありません。
図書館は静かです。
図書館は静かではありません。

那麼，為什麼我們要使用「記憶句型」的方式來學習呢？

①提升反應速度，加強會話能力

學習句型最重要的功能，就是可以提升我們在使用日文時的反應速度。我們在以日文對話時，都是使用「整個句子」來通溝，而不是使用「個別單字」來溝通，因此在學習日文時，記憶一整個句型，可以幫助我們在說話時，反射性地流暢說出一整個句子，而不必一一思考助詞位置、時態、動詞變化等等文法細節，如此能使會話更加流暢。

②常用句型不多，容易熟練

雖然文法和字彙種類繁雜，但是日常生活中常用的句型就那麼幾種，每個人經常使用句型種類也相當固定。外語能力熟練的人，會直接熟記使用頻率高的句型，需要的時候，再視情況挑選符合當時情境的句型來使用。當學習日文一段時間後，你會發現為什麼日常會話講來講去，都是使用那些相同的句型，這時就會有具體感覺了。

③減少文法錯誤情形

記憶整個句子，而非記憶單一文法，還能夠大幅度減

少文法錯誤的情形。例如我們學習「（交通工具）に乗ります。」的句型後，當我們臨時要表達「坐公車」、「坐火車」、「搭飛機」等等意思時，反射性地就可以知道正確說法是「バスに乗ります」、「電車に乗ります」、「飛行機に乗ります」，而不會用錯助詞、說成「電車を乗ります」。

事實上，會話時，我們沒有什麼時間去思考文法對錯，若是沒有習慣以句型的方式流利說出一整句話，很容易因為緊張而發生文法錯誤的情形。

④容易配合單字使用

學習句型之後，再學單字，很輕鬆就可以知道如何使用新學到的單字，因為只要將單字套到適合的句型就可以了。

例如從事某項運動的句型是「～をする」，因此，當我們學到「野球」、「サッカー」、「バトミントン」這些單字之後，馬上就可以將這些單字使用出來，很容易就能知道「打棒球」是「野球をする」、「踢足球」是「サッカーをする」、「打羽毛球」是「バトミントンをする」，而不必思考中文的「打」和「踢」該用日文的哪一個動詞來表示。句型可以幫助我們將學到的單字直接應用到會話中。

「記憶句型」學習方式的好處

 1 提升反應速度，加強會話能力

 2 常用句型不多，容易熟練

 3 減少文法錯誤情形

 4 容易配合單字使用

那麼，我們該從哪裡學習這些句型呢？

這一點就不必擔心了，聰明的學者專家們也知道句型教學的重要性，因此目前幾乎所有的日文教材，都是以句型的方式來講解文法。許多課本都會有「常用句型」單元，教導該課所使用的文法句型。我們只需要將這些句型記起來、記熟，然後實際應用在會話溝通上就可以了。請記住，比起學習單一文法，學習整個句型，對你的會話和書寫能力將會有更大的幫助。

【本回任務】做到請打 ✔

☐ 閱讀課本時，特別注意記住整個句型，而非單一文法或單字

☐ 看到新的句型或例句時，多唸幾次，唸到熟悉不會吃螺絲為止

☐ 一併記憶例句中出現的單字，能有效提升字彙量

快速開口說日文：
二段式學習法

二段式學習法，意思是在學習初級基礎文法的時候，同時記住一些實用性高的常用會話。

從零開始學習文法，除了課本上的基礎句型之外，請記憶一些使用頻率高的會話語句（即使還沒有學到足以理解會話的文法也沒關係），這麼做就能夠幫助我們儘早開口說日文。

例如，在剛開始學習日文時，就可以記一下以下常用的會話句：

二段式學習法

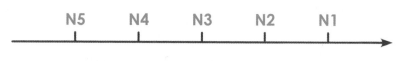

N5　　　**N4**　　　**N3**　　　**N2**　　　**N1**

➡ 學習基礎文法

　　　　➡ 同時記住一些程度略高的日常會話

範例：

それはそうですね。

（「話是這樣沒錯。」用於同意對方時。）

なるほど。

（「原來如此。」用於理解對方的話時。）

それはちょっと……

（「這有點……」用於委婉拒絕別人時。）

失礼します。

（「失禮了。」用於和上司、長官談話時。）

日本語はあまりできません。

（「我不太會日文。」自助旅行時常用。）

為什麼我們尚在學習初級文法，還認識不到幾個日文字的時候，就要記住常用會話呢？這麼做有什麼好處？

①讓我們儘早開口

從我們完全不會日文，到能夠開口說出簡單日文會話為止，其實需要一段不算短的時間，在這段時間當中，我們很難說出一句完整的句子。如果在這時記住一些常用會話，就可以大大增加使用日文的機會，可以趁早培養對於日文發音和說話方式的熟悉感。

例如，即使我們才剛學完五十音，還是可以背一篇簡單的自我介紹，如此一來，認識日本人的時候就可以直接用日文介紹自己，增加日文會話和交流的機會。

比起學了半年文法之後再慢慢開口說日文，學日文的第一天起，就記住一些會話，直接使用出來，這樣對於學習日文是更有幫助的。

②得到成就感

學日文的第一天起，就記一些簡單會話，練習開口說出來，除了可以更加熟悉日文外，還有心理層面的幫助，這麼做會讓我們在剛開始學習的階段就獲得成就感。即使才學

一星期，但是如果你可以用日文進行簡短自我介紹的話，那麼大家會有什麼感想？想必一定是「哇！你好厲害喔！」「哇！你才學一星期就可以說出日文喔！」而獲得不少掌聲和讚嘆吧。這種感覺非常不錯，你或多或少也一定會有成就感，這種成就感是很重要的，能夠刺激你一路學習下去。比起學了半年之後被別人說：「你都學這麼久了，怎麼不講一句日文來聽聽？」一開始就獲得別人的稱讚，應該還是比較令人愉悅的。

③加速文法學習

但是，我們在記憶會話的時候，時常會遇到許多沒學過的文法，這時該怎麼辦呢？去翻課本查字典嗎？不，即使遇到不懂的文法也沒關係，直接整句記起來就好了。

在初級階段，即使我們去查了字典，還是有很大的機率不明白其中的文法解釋。舉例來說，如果你剛學完五十音，聽到「いってきます」這個句子，結果跑去查字典，字典上寫「動詞『行く』て形＋来る」，你還是看不懂，完全沒有用，不如直接記「いってきます＝我出門了」會更有效率。

先記住這些會話語句，對於將來學習文法很有幫助，若是在課本上學到「動詞変化て形」，你立刻就能回憶起之前的「いってきます」這句話，而產生「原來如此」的頓悟

感：原來我之前已經常用這個文法了。就這方面來說，在初級階段記一下常用會話，等於是提早學習、提早使用將來會接觸的文法，能夠在往後學習進階文法的時候感到熟悉，大大加速文法的學習。

④好玩有趣

承認吧，比起每天窩在書桌前面啃課本，實際開口說日文有趣多了。在台北車站遇到迷路的日本旅客，上前說一句「大丈夫ですか？」然後指著地圖告訴他們目的地，絕對比一看到日本人就躲得遠遠的好玩多了，在大家面前大大方方用日文自我介紹，獲得大家掌聲，也一定比扭扭捏捏不敢上台有趣許多。在一開始就練習開口說日文，會獲得許多意想不到的交流機會，這種豐富的生活方式和宅在家裡一個人啃書，你會選擇哪一種呢？

「先記住常用會話」的好處

1 讓我們儘早開口

➡ 可以趁早培養對於日文發音和說話方式的熟悉感

2 得到成就感

➡ 成就感很重要，能夠刺激我們一路學習下去

3 加速文法學習

➡ 往後學習進階文法時會感到熟悉，加速文法學習

4 好玩有趣

➡ 比起窩在書桌前啃課本，實際開口說日文有趣多了

請從自己有興趣的領域中，尋找「日文會話」來記就可以了。歌詞、漫畫、卡通、日劇台詞、雜誌等等都可以，挑選一些自己覺得有趣、覺得酷的對話記起來，再找機會實際說出來，光是這樣就能夠大大增加日文的熟練度。

【本回任務】做到請打✔

□ 初學日文時，先記一些日常用語、招呼語
□ 即使不懂文法也沒關係，先記起來很重要
□ 了解「二段式學習法」能夠讓我們在初學階段快速開
　　口說日文

3 3 結合個人經驗，最容易記住

　　結合個人經驗的意思是，在練習文法句型的時候，別理課本上那些替換語詞的練習問題，使用這些句型，創造一些和自己個人相關的句子吧！最好是結合自己的糗事，愈好笑愈好，令人印象愈深刻愈好，必要時使用較不文雅的字彙也沒關係，這麼做絕對可以讓你在最短的時間內熟悉所學過的文法，想忘都忘不掉。

　　例如，我在大學時期，有段時間運動量不足而發福，因此就成為同學們練習日文會話的對象：

Ken は太っている。　　　　　　　（Ken 很胖。）

Ken は痩せていない。　　　　　　（Ken 並不瘦。）

Ken は太っているだけでなく、臭いのだ！

　　　　　　　　　　　　（Ken 不只胖，還臭臭的！）

　　大家說完之後都笑彎了腰，而我也會時常自嘲，造一些好笑的句子自娛娛人，除了好笑之外，很神奇的，這些讓我們笑過的句子，當中的文法就會令人印象深刻、不容易忘記。以上述情況來說，我的同學們就因此對「い形容詞」、

「て＋いる」、「～だけでなく～」等等句型和文法非常熟悉。這是個學習日文的好方法。

那麼，為什麼我們必須拿自己的經驗大作文章，利用學到的句型創造出好笑的句子呢？這樣真的能夠幫助學習嗎？是的，沒錯。原因如下：

「記憶＝強度 × 次數」

簡單來說，記憶深淺與否，也就是你是否記得住這件事，和當時事情發生的強度和次數有關。事情的強度愈強，印象愈深刻，記得愈清楚；如果重覆的次數很多，那麼也會記得住。

就像我們高中學英文時，覺得背單字是很無趣的事情，大家都是為了考試而心不甘情不願地抱著單字本，這個行為的強度很低，因此，我們必須重覆背誦很多次，才能將單字記起來。

強度很強，就算只發生一次，我們還是能夠記得很清楚；強度低的話，我們就必須重覆進行很多次，增加次數，也可以勉強記住。因此，當你以自己的糗事或是好笑的事為主題，使用學到的文法句型來造句的話，等於增加了在記憶時的「強度」。

重要！「記憶」的公式

記憶 ＝ 強度 ✕ 次數

以自己的糗事或是好笑的事為主題造句，強度很強，很容易就能記住

💡 事情的強度愈強，印象愈深刻，記得愈清楚

💡 重覆的次數很多，也會記得住

單純使用課本後面附的練習問題,以照樣造句方式來複習文法,很無趣,因此強度很低,我們必須練習很多次,花很多時間才能記得住。以這種有點白痴的方式造句,反而能夠增加記憶強度,畢竟我們對於糗事和笑話會比較印象深刻,如此一來,即使不用重覆練習很多次,也能清楚記得自己學過的文法句型。

實際上,我們該如何進行呢?

除了自己造句給自己聽之外,和朋友共同進行也會相當有趣。其實就算不特別說明,許多人在學習日文的時候,本來就會經常以日文開別人的玩笑。

例如在我大學時期,有一位日文老師上課相當嚴厲,常常將「来なくていい!(下次不用來了!)」掛在嘴邊,當大家一起去吃飯時,經常會模仿那位老師的表情和語氣,對著旁邊同學說:「お前は来なくていい!」然後全部人笑成一團,從此沒有人會忘記「動詞て形+いい」這個文法。

如果你和朋友剛好都在學日文,剛好一起看書,也可以使用學過的文法句型,將彼此的糗事用日文說出來,雖然一開始會花一點時間思考怎麼說,但是到後來會笑聲不斷,而且還能夠牢牢記住當時使用過的句型文法。

此外，如果你不介意讓別人知道自己的糗事或好笑事情的話，也可以嘗試使用網誌，或是在 Facebook 上寫下自己造的句子，同樣具有效果。不過如果你的臉皮比較薄，不想公開的話，那麼自己躲在房間裡獨自進行也是可以的。

【本回任務】做到請打✔

☐ 使用課本介紹的句型，造出一些好笑的句子（最好是自己的糗事）

☐ 和別人分享自己的造句，會更不容易忘記

有圖表更好！

圖畫是無字之詩。

——賀拉斯（Quintus Horatius Flaccus），羅馬詩人

　　學習文法的時候，如果有圖表能夠輔助學習，會更容易理解，更有利於學習。我們可以比較下列二項用文字和圖片解說文法的不同方式：

> 敬語中的「尊敬語」用於對方之動作，在於將對方地位提高，己方地位不動，間接使得自身地位降低，達到表達敬意效果；「謙讓語」則是對方地位不動，己方地位降低，使得對方地位間接提高，表示敬意；「丁寧語」則是對方己方地位都不動，僅僅以語彙表達禮貌。

「尊敬語」：經由抬高對方地位，來表示尊敬之意

「謙讓語」：經由降低自己地位
讓對方相形之下地位較高，由此來表達自己的謙虛

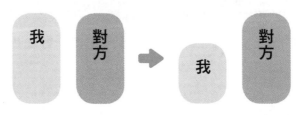

「丁寧語」：單純表示禮貌、美化話語和地位高低無關

(*^_^*) (*^_^*)

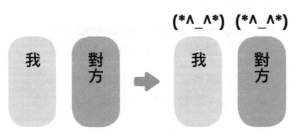

無論別人怎麼說，圖片就是比文字更容易閱讀、更容易記憶。我們可能會忘記以前同學的名字，但是絕對不會忘記對方的長相，在街上偶然相遇一定認得出來，只是叫不出名字時會有些尷尬。我們可能會忘記看過的文章，但是通常不容易忘記看過的照片和圖畫，你或許記不起來達文西的英文原名，但是你絕對不會忘記他畫過的「蒙娜麗莎的微笑」。我不記得電影阿凡達中的台詞，但是潘朵拉星球的美景，透過 3D 效果，讓我至今仍記憶猶新。比起文字，圖片更容易令人印象深刻。

　　因此，文法教材中除了文字說明之外，最好還能附上圖表，親切地將文法以圖表解釋給你聽。一般來說，使用這種文法教材學習，能夠加速理解，得到較好的學習效果。

【本回任務】做到請打✔

☐ 了解圖表能夠幫助我們快速理解文法
☐ 挑選一本附有圖表的文法書籍

35 學不會複雜文法？用「加法」就能解決！

如果投資需要用到代數，那我早就回去送報了。
——華倫·巴菲特（Warren Buffett），股神

　　當我們學習文法時，只需要用到「加法」，特別是在區分相似文法和學習深難文法的時候。事實上，我們學習基本文法時，不會遇到太多問題，但是隨著我們日文愈學愈深入，就會遇到許多意思相同、但是用法有微妙差異的文法，或者是構造較為複雜的文法，例如文章用語和敬語等等。這時，我們使用「加法」的概念來學習，就會輕鬆許多。

　　「加法」解釋起來略為抽象，具體來說，就是將複雜文法簡化成「基本文法＋附帶要素」的形式，其中的「附帶要素」，則是我們在語言心理中探討過的「正式／非正式」、「尊敬／謙虛」、「直接／委婉」、「主觀／客觀」、「文章／口語」等等日本人的語言心理。請直接參照以下的舉例即可。

什麼是「加法學習」

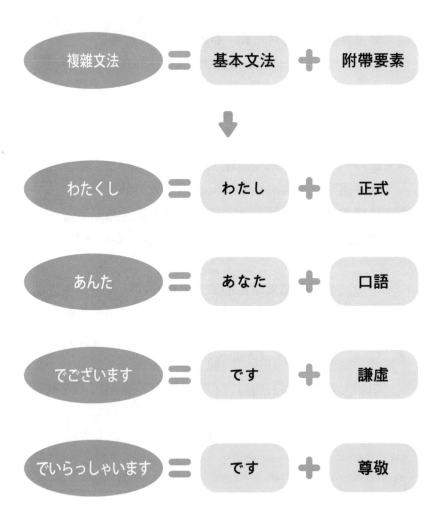

複雑文法 ＝ 基本文法 ＋ 附帶要素

わたくし ＝ わたし ＋ 正式

あんた ＝ あなた ＋ 口語

でございます ＝ です ＋ 謙虛

でいらっしゃいます ＝ です ＋ 尊敬

像這樣使用「加法」的方式學習文法，究竟有什麼好處呢？

✽ 容易理解

比起逐字解釋半天，使用既有的文法當作例子，會比較容易理解。例如「差し支えなければ、メールをください」，如果要從文法的角度來解釋「差し支えなければ」的話，就會變成「差す＋支える＋否定形＋仮定のば」這樣的形式，然後還得逐字解釋其中的意思、解釋合起來使用是什麼意思，一堂文法課儼然成為解剖課，將日語文法切得亂七八糟。

這時只要說，「差し支えなければ＝OK なら＋尊敬」即可。「OK なら」是「如果 OK 的話」之意，即使是初學者都看得懂，「差し支えない」比「OK」更為尊敬，主要用在客戶或長輩上，因此只要寫成「OK なら＋尊敬」，就能清楚表達這個文法的涵意了。這樣不是比較容易理解嗎？

▲「差し支えなければ」 ➡ 「差す＋支える＋否定形＋仮定のば」

◯ 差し支えなければ ＝ OK なら ＋ 尊敬

＊容易使用

另一項優點是容易使用。使用「加法」來學習，我們可以很輕易地知道什麼場合該用什麼樣的文法句型。舉例來說，當我們要請求別人做某件事時，可以使用「～ください」、「～くれますか」、「～もらえますか」三種句型，這三種句型的意思相同，都是「請……」的意思，但是語氣給人的感覺則不同。「～ください」較不客氣、「～くれますか」普通、「～もらえますか」則較為禮貌，但是這樣講似乎有點抽象，於是我們可以整理成以下的形式：

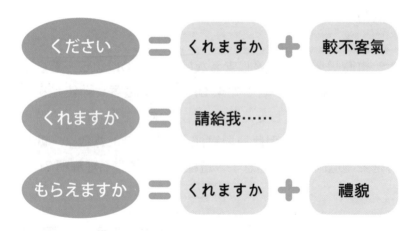

如此一來，當我們在會話中要使用「請」這個字的時候，就可以依照場合的不同，選擇使用以上三種不同的形式。

＊容易記憶

大約是在準備日文檢定 N1 考試時，我們會學到非常多的文章用語，這些文章用語只會出現在正式文書、文學典籍中，理解這些文法是痛苦的過程，但是更痛苦的，是要將這些文法全部記起來。

老實說，如果使用死背的方式，一定是背了又忘、忘了又背，耗費不少寶貴的時間，這時使用「加法」的方式，會更容易幫助記憶。例如，這四項用法「すなわち」、「ならでは」、「たりども」、「かねない」，是平時相當少見的日語文法，如果一個一個背，那麼可能到最後意思會全部混淆在一起，造成混亂，這時就可以用「加法」的方式整理出來：

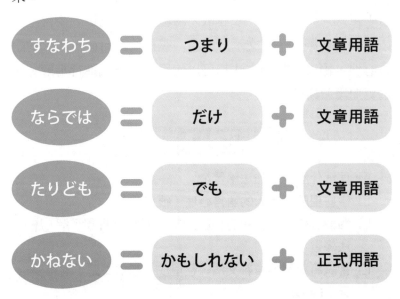

すなわち ＝ つまり ＋ 文章用語

ならでは ＝ だけ ＋ 文章用語

たりども ＝ でも ＋ 文章用語

かねない ＝ かもしれない ＋ 正式用語

如此一來，你只要知道「つまり／だけ／でも／かもしれない」這些課本上出現過的基本文法，就可以了解這些深難文法的意思了，比起單純背誦更容易記憶。

結論：我們在學習日語文法的時候，其實只要理解和熟悉基本文法即可。區別相似的文法，或是學習複雜深入的文法時，使用加法原則去思考「複雜文法＝基本文法＋？」，就可以快速理解了。

如此不但容易理解、容易記憶，會話時也比較容易使用出來，可以依照場合不同，很快進行切換。

「複雜文法＝基本文法＋？」後方的附帶要素，大致上有「正式／非正式」、「尊敬／謙虛」、「直接／委婉」、「主觀／客觀」、「文章／口語」幾種，源自於日本人的語言心理，絕大多數的文法都可以使用這種方式進行拆解，使之更加淺顯易懂。

【本回任務】做到請打✔

□ 理解什麼是「加法學習」
□ 徹底理解日本人的語言心理（很重要）
□ 閱讀音速日語官網的「進階文法教材」，實際了解「加法學習」
□ 嘗試將遇到的複雜文法，整理成「基本文法＋附帶要素」的形式

04
Chapter

字彙學習訣竅
——知識篇

4 1 不用記住所有看到的生字：
理解語彙和使用語彙

　　右頁表是日文檢定（日本語能力試驗 JEPT）的分級基準圖表（取自 2010 年之前的舊制檢定考試資料，新制檢定考官方並無提供此類資訊，但字彙量要求不會差太多）。大家可以看到，四級程度的字彙量大約是 800 字，一級程度的字彙量則為 1 萬字左右，這看起來似乎是令人絕望的數字，當你申請日本大學、報考留學考試，或是想進入日本公司工作時，絕大多數會要求你必須具備二級或是一級的日文檢定證照（相當於新制考試的 N1、N2 程度），如此才能表示你具有優良的日文能力。

　　我時常感到疑惑，也許你也會覺得困惑，難道我們非得具有 1 萬個字彙量，才能證明具有優秀的日文能力嗎？非得要認識那麼多字，才能夠證明我們可以流利地使用日文會話嗎？換句話說，如果我們想用日文自由書寫文章、愉快和朋友聊天，就必須先記住 6000 到 1 萬個左右的日文單字嗎？老實說，我從事日文口譯已有好幾年的時間，不過我也不確定自己是不是記得 1 萬個日文詞彙。

日本語能力試驗 JEPT（舊制）

1級	高度の文法・漢字（2,000 字程度）・語彙（10,000語程度）を習得。社会生活をする上で必要な、総合的な日本語能力。900 時間程度学習したレベル。
2級	やや高度の文法・漢字（1,000 字程度）・語彙（6,000語程度）を習得。一般的なことがらについて、会話ができ、読み書きできる能力。600 時間程度学習し、中級コース修了したレベル。
3級	基本的な文法・漢字（300 字程度）・語彙（1,500語程度）を習得。日常生活に役立つ会話ができ、簡単な文章が読み書きできる能力。300 時間程度学習し、初級コース修了したレベル。
4級	初歩的な文法・漢字（100 字程度）・語彙（800 語程度）を習得。簡単な会話ができ、平易な文、又は短い文章が読み書きできる能力。150 時間程度学習し、初級コース前半を修了したレベル。

根據日本學者的研究指出，日本小學生的字彙量約 1 萬 5000 字左右，隨著年齡增長，大學生平均每個人的字彙量則大約是 5 萬字。這下更讓人驚慌失措，難道我得記住那麼多單字，才能將日文說得像小學生一樣流利嗎？

不用緊張，各種語言中的字彙，都可以分為二種：「理解語彙」和「使用語彙」，二者的數量相差很多。我們學習外語時，只要掌握實際上真正會用到的「使用語彙」即可。

＊理解語彙

你看得懂的語彙，數量較多。包含許多同義字。

＊使用語彙

真正用到的語彙，數量較少。通常是意思最簡潔的字。

這是什麼意思呢？在我們認識的數萬個中文詞彙當中，有許多詞彙的意思是重覆或非常相近的，我們看得懂，但是實際上說話的時候，通常只會用到裡面意思最單純、最簡潔的詞語。例如：

令堂、令尊、家父、家母、雙親、父親、母親、爸爸、媽媽，意思皆相同。

→我們最常用的詞是「爸爸媽媽」。

理解語彙？使用語彙？

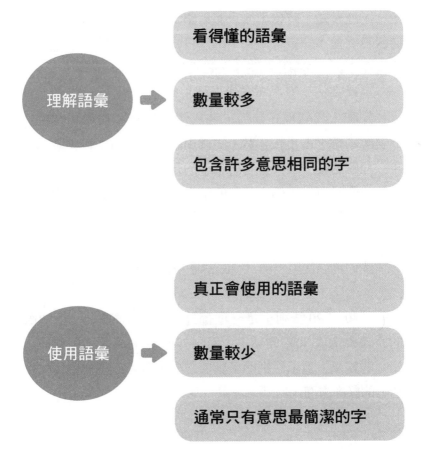

理解語彙 ➡ 看得懂的語彙

數量較多

包含許多意思相同的字

使用語彙 ➡ 真正會使用的語彙

數量較少

通常只有意思最簡潔的字

用飯、用餐、用膳、食用、開動、吃飯，意思一樣。

→我們最常用的詞是「吃飯」。

相同的道理，日文也是這樣。在日文檢定一級考試的 1 萬字當中，有許多意思重覆、相近的字彙屬於「理解語彙」，並不是平時會用的「使用語彙」。也就是說，我們平時說日文並不一定會用到 1 萬個日文單字，有些單字可能只出現在小說、文學作品當中，日常生活中不常使用。

好吧，我們現在知道，在我們所看到單字和詞彙中，「理解語彙」占了較多數，「使用語彙」則占了較少數，那麼「理解語彙」和「使用語彙」的數量大約相差多少呢？例如：我們看得懂大約 5 萬字的中文字彙，那麼其中多少比例是「理解語彙」，多少比例又是「使用語彙」呢？

我們可以使用「80 ／ 20 法則」來進行說明。

「80 ／ 20 法則」是一項統計學理論，簡單來說，20% 的原因會造成 80% 的結果，而另外 80% 的原因則只造成了 20% 的結果。這項法則除了數學之外，還可以廣泛應用於生活上的許多方面。

80 ／ 20 法則

財富

社會上 20% 的人掌握了 80% 的財富

80% 的人只分配到 20% 的財富

電腦記憶體

80% 的記憶體，花在執行 20% 的程式

80% 的程式只用了 20% 記憶體資源

時間

80% 的時間花在處理 20% 的事務

另外 80% 的事情只使用了 20% 的時間

果園

80% 的果實產自 20% 的果樹

80% 的果樹只結出 20% 的果實

我們也可以將這項法則，應用到日文學習上面。

日常生活中 80% 的會話只會用到 20% 的文法，80% 的文法則只會用在 20% 的會話上。日常生活中 80% 的會話只會用到 20% 的單字，80% 的單字則只會用在 20% 的會話上。我們學習 20% 的單字，就能夠進行 80% 的會話，學習剩下 80% 的單字，則只在 20% 的會話上有用處。

因此，由「80／20 法則」推論，「使用語彙」大約占 20%，「理解語彙」則占了 80%。也就是說，我們只要學習 20% 的常用字彙，就能應付 80% 以上的會話情況。我們不用像日本小學生一樣會 1 萬 5000 字，也許只要 20%、甚至更低數量的單字，就可以像他們一樣和朋友愉快聊天了。

將本章節的重點進行整理：

① 字彙分為二種，理解語彙和使用語彙。
② 理解語彙數量多，約占 80%。使用語彙數量少，約占 20%。
③ 使用語彙用字簡單，經常用於日常會話當中。
④ 我們學習 20% 的使用語彙，即可順暢會話，不用背 1 萬個單字。

語言學習的 80 ／ 20 法則

日常生活 **80%** 的會話只會用到 **20%** 的文法

80% 的文法則只會用在 **20%** 的會話上

我們學習 **20%** 的單字，就可以進行 **80%** 的會話

學習剩下 **80%** 的單字，則只在 **20%** 的會話上有用處

套用在日文學習，可給我們以下啟示：學習外語時，並不是像許多人所想的，必須背很多單字之後才能順利進行會話。大多數的情況是，我們記得了一些常用單字，然後開始試著進行會話，接著從對話中，再去學習更多的實用單字。

　　以我自己的例子來說，初次到日本時，我只會簡單的日文，有一次住宿的時候，詢問櫃台人員是不是當地人，想請他們推薦美味的餐廳，我說：「すみません、ここの人ですか。」結果對方回答「いいえ、私は地元の人ではありません。」我當場直接學到新單字，原來「當地人」可以說成「地元の人」，瞬間增長了日文單字量。

　　我們學習字彙時，不必要求「記住自己看到的所有生字」，這太困難了，你只要記得頻繁出現在會話中的 20% 字彙即可，其他 80% 的字彙有時間再慢慢學習，不會影響會話表達。

【本回任務】做到請打✔

□ 了解什麼是「理解語彙」和「使用語彙」
□ 理解什麼是「80／20 法則」
□ 了解只要記住 20% 常用字彙即可流暢進行會話

42 別只記單字意思：情境、使用時機、非語言情報

> 在開始攀爬階梯時，要先確定它是依靠在正確的建築物上。
>
> ——史帝芬・柯維（Stephen Covey），美國管理學大師

坐公車或捷運時，經常能夠看到穿著制服的高中生，人手一本「學測必考 7000 單字」、「中高級 4000 單字」等等的單字書籍或是單字卡，拚命地運用零碎的通勤時間背誦單字，以求能在考試中獲得好成績。

那麼，當我們在學習日文時，也必須購買這樣的單字書，以加強自己的字彙能力嗎？

事實上，我們建議你立刻丟掉手上的制式單字書，單字書有很多壞處，我們會在本書中分段提到，其中之一，就是學不到單字背後的情境、使用時機，以及非語言情報。

我們將依序舉例，說明什麼是情境、使用時機和非語言情報，比起單字的中文意思，這些更顯得重要。如果只記得中文意思，那麼你所背誦的單字將只能應付考卷中的文意字

彙題型，而無法實際應用在會話當中，我們接下來也會告訴你為什麼。

①情境

我們先以下一頁「すみません」為例子，說明隨著情境不同，意思和解釋方法也會跟著不同。

②使用時機

「お疲れ様」、「ご苦労様」二項用法，都是「您辛苦了」的意思，用在工作場合，不過雖然意思相同，但是使用時機和使用對象卻大不相同，用錯的話會非常失禮。

お疲れ様

一般用於平輩或同事

若用於上司，要說「お疲れ様です」

ご苦労様

具有勉勵的意思，只能用於下屬

可以對下屬說，不能對上司說

すみません的各種使用情境

① 呼喊別人

➡ あの〜すみません！（那個……不好意思……）

② 道謝

➡ すみません〜（不好意思讓你破費了）

③ 道歉

➡ すみません（對不起）

④ 詢問

➡ すみません、ちょっと……
（不好意思，請問一下……）

⑤ 客套

➡ わざわざすみませんね！
（您特地前來真是不好意思啊……）

③非語言情報

我們這裡以「視線」為例。

在日本人的習慣中,說話時往往不會直視對方的眼睛,如此顯得太過直接,聽者也容易感受到壓力而將視線錯開。一般在談話時,會注視「頸部」或是「領口」的位置,既不會直視對方,也不致於將視線完全移開而顯得不尊重。

因此,如果被日本上司或師長責罵訓話時,也請記得別一直盯著他們的臉看。在我們的習慣中,被訓斥的時候如果低下頭,常會被說:「你到底有沒有在聽!」而惹得對方更生氣,因此我們習慣看著對方,表示自己專心聆聽。但是在

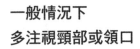

一般情況下
多注視頸部或領口

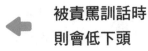

被責罵訓話時
則會低下頭

日本人的想法中，如果你被責罵時一直盯著對方看，會給人理直氣壯、不思反省的感覺，正確的方式應該是低頭表示反省和懺悔。

現在，我們知道情境、使用時機、非語言情報在實際使用的時候扮演了相當重要的角色，那麼我們如何具體應用在學習日文上呢？

①比起單字書，請看日劇和電影

我們記單字的時候，不能只記中文意思，而應該連帶記憶單字背後的情境和使用時機：什麼情況可以用這個單字？什麼情況不能用這個單字？什麼情境下適合使用這個詞彙？而學習這些資訊的最好方法，其實並不是閱讀書籍，再厲害的教材也很難寫得詳細，字典更加不可能辦到。與其使用書本，不如使用多媒體會更有效率，你可以看日劇或日本電影，仔細聽劇中的台詞，會得到許多單字書沒有提到的資訊。

例如：和朋友約好遲到了，男主角會揮揮手說「すまん」；在電車上踩到別人的腳時，會說「すみません」並且輕輕點頭；在記者會向大家致歉時，會深深地一鞠躬說「申し訳ございません」。

同樣都是道歉，但是各項字彙的使用時機不同、說話時

的表情和肢體語言不同，給人的感覺也完全不一樣。如果我們要學習「如何使用單字」的話，那麼日劇和電影等等多媒體，會是非常好的學習管道。

②比起記單字，請記會話

使用日劇、電影，或是其他多媒體資料學習單字時，請記住，不要只記得「單字」本身，建議連單字前後的「會話」都一併記起來。

我們除了記住單字的意思之外，更重要的要記住單字如何使用，而這些多媒體影片就是現成的教材，教導我們如何在日常生活中自然地使用這些單字。因此，將單字前後的會話一併記住，將有助於在會話中流暢地使用學過的單字。

結論是，為了學習情境、使用時機和非語言情報，比起書本，請儘可能用日劇、電影學習單字，與其記住單一字彙，請儘可能記住整段會話。

【本回任務】做到請打✔

☐ 理解什麼是字彙的「情境」
☐ 理解什麼是字彙的「使用時機」
☐ 理解什麼是「非語言情報」
☐ 了解為什麼日劇、電影、動漫畫，會比書本適合學習字彙
☐ 了解應該記住整段會話，而非只記單字

43 你不知道的真相：
會話用字愈簡單愈好

告訴各位一個真相：外語能力愈是優秀的人，使用的語彙愈是簡單，說話也愈是清楚而緩慢。

本回當中，我們要告訴各位，在學習單字的時候，熟記意思單純的基礎字彙，比記憶一大堆單字，在提升日文能力方面更具效果，特別是口語能力。在實際以日文表達自己的想法時，使用愈簡單的單字愈好，不但會話能夠顯得流利許多、降低出錯的機會，別人也會比較聽得懂你說的話。

各位可以仔細觀察，那些外語愈是流利的人，使用的字彙愈是淺顯易懂，無論是會話或寫文章，使用的單字都相當簡單，不會摻雜一些成語或是艱深的用語。他們並非實力不足，相反地，他們知道許多簡單的字彙、也知道許多艱難生硬的字彙，但是為了讓大家容易理解，他們選擇使用大家都懂的簡單字彙，來清楚表達自己的想法。

使用外語進行會話的目的，就是要讓別人聽懂。別人能夠 100% 聽懂你說的話，就是最高竿的技巧。如同日本作家村上春樹的文學小說，用字簡單，號稱連小朋友都看得懂，

什麼是簡單的字彙？

答え（こた）　回答（かいとう）　応答（おうとう）　解答（かいとう）　答案（とうあん）

本（ほん）　書物（しょもつ）　書籍（しょせき）　図書（としょ）　書誌（しょし）

バカにする　軽蔑する（けいべつ）　貶む（さげすみ）　揶揄する（やゆ）　茶化す（ちゃか）

這就是簡單字彙

這就是最高的境界。

　　我們可以用英文和日文來舉例。我有一次在美國，到郵局想買 3 張 20 美分的郵票時，煩惱了非常久，不曉得該如何以英文解釋「Please give me stamps of……」「stamp of twenty cent……」等等，想了很久，最後看到旁邊的美國人，買郵票時只說了「three twenty」，郵局人員就給他 3 張 20 美分郵票，這才豁然開朗。

　　還有，如果到日本旅行，進入餐廳用餐時，想詢問對方：「請問這個座位可以坐嗎？」那麼該如何以日文表示呢？可以說「すみません、この席は空いていますか」「すみません、この席に座ってもいいですか」但是更簡單的說法是「ここ、空いていますか」短短幾個字，就可以完整傳達意思。

　　因此，真正厲害的人，能夠用最簡單的字，清楚表達自己的意思。語言能力不熟練的人，只會用自己學過的單字，即使那些單字別人不一定聽得懂，但是厲害的人會選擇使用單純的字彙，讓每一個人都清楚他在說什麼。

　　最後，學習基礎字彙、使用基礎字彙的其中一項巨大好處，就是不容易產生文法、發音上的失誤。使用你愈熟悉、愈簡單的字彙，能夠大大減少因為緊張而發生文法或發音失

誤的情形。同樣是道歉，你可能很難將「謹んでお詫び申し上げます」這句話快速正確地唸出來，但是如果是「すみません」，各位一定不必多加思考，就能瞬間唸出正確的發音吧。

我們將重點整理如下：

① 外語愈流利的人，用字愈淺顯易懂。用字愈複雜難懂的人，愈是三腳貓。
② 學習單字時，將心力放在熟悉基礎字彙，而非背一大堆單字。

【本回任務】做到請打✔

☐ 了解外語能力愈強的人，溝通用字愈簡單
☐ 了解用字簡單的好處：不容易產生文法或發音的錯誤
☐ 進行會話的時候，儘可能使用簡單的字彙，更能準確傳達意思

簡單的表達最有效！

請給我 3 張 20 美分的郵票。

△ Please give me stamps of⋯

○ **three twenty**

請問這個座位可以坐嗎？

△ すみません、この席は空いていますか

△ すみません、この席に座ってもいいですか

○ **ここ、空いていますか**

日本的文字習慣：
什麼時候用片假名？

本回的主題是「日文中的片假名用法」。

大家也許知道，日文當中有許多以「片假名」寫成的單字，例如：「パソコン（電腦）」、「コンビニ（便利商店）」、「アパート（公寓）」等，這些單字都是源自於英文、法文、葡萄牙文等等西方語言，日本直接借用這些外語的發音，當作日文來使用，稱為「外來語」。為了和一般日文有所區別，而習慣使用「片假名」的方式來表示。

因此，我們在學習日文時，只要看到這一類片假名單字，都會直接將其當作是外來語，而以英文的方式來進行記憶。如此一來，便可以很容易記得這些日文中的外來語。

但是，為什麼有些字明明不是外來語，卻使用片假名書寫呢？例如：

「熊」→「クマ」
「蝶」→「チョウ」
「豐田」→「トヨタ」

「本田」→「ホンダ」

「びっくり」→「ビックリ」

「どきどきする」→「ドキドキする」

在解說「片假名用法」之前，我們得先了解「平假名、漢字、片假名」在日本人心中代表的不同感覺。

平假名、漢字、片假名的不同感覺，可以大致整理為：

平假名	一般、普通、小孩子的感覺
漢字	正式、傳統、略為僵硬的感覺
片假名	新潮、年輕、西式、帶有些許強調的感覺

習慣以漢字書寫的字彙，使用平假名書寫的話，會給人一種孩子氣、沒有長大的感覺。

学校 ➡ 一般寫法

がっこう ➡ 給人小孩子的感覺

習慣以平假名書寫的字彙，硬要使用漢字，就會顯得生硬、不易閱讀。

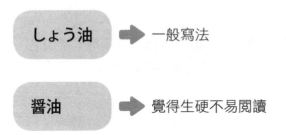

しょう油　➡　一般寫法

醤油　➡　覺得生硬不易閱讀

　　有些以平假名或漢字書寫的字彙，改以片假名書寫的話，會有「特別強調」的語氣感覺。

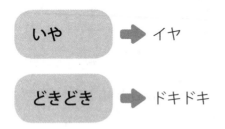

いや　➡　イヤ

どきどき　➡　ドキドキ

使用片假名書寫的情況

1 外來語

➡ パソコン、コンビニ、ケーキ

2 雜誌刊物使用片假名表示流行事物

➡ 「かばん」→「カバン」
「秋葉原」→「アキバ」

3 公司、科技產品、國際品牌名稱

➡ 「豊田」→「TOYOTA」、「トヨタ」

4 動植物的名稱

➡ 「熊」→「クマ」
「たけのこ」→「タケノコ」

不過，最近片假名的使用方式愈來愈廣泛，除了上述情況之外，年輕族群在下列情況，也會傾向使用片假名來表示：

使用片假名的特殊情況

1 太複雜的漢字使用外來語

➡️ 「綺麗」→「キレイ」
　 「皮膚」→「皮フ」

2 強調時用片假名

➡️ 「あの人はいやだな」→「あの人はイヤだな！」

3 擬聲擬態語用片假名，表示生動逼真的感覺

➡️ 「びっくりした」→「ビックリした！」

　　就結論而言，我們身為外國人，在使用平假名、漢字、片假名的時候，可以依照下列方式來區分使用，依據不同的單字種類，分別使用不同的方式進行書寫。

＊ **平假名**：用於沒有相對應漢字的字彙。
＊ **漢字**：用於一般習慣以漢字表示的字彙，或是屬於「常用漢字」的字彙。
＊ **片假名**：用於外來語、狀聲詞、特別強調的時候。

【本回任務】做到請打✔

□ 了解「漢字、平假名、片假名」的不同語感
□ 了解如何區分「漢字、平假名、片假名」的使用方式
□ 學習日文片假名的四種使用時機
□ 學習日文片假名的三種特殊用法

45 適時脫離課本，學習「活的語言」

在某本日文初級教科書中，看到了以下單字和會話：

ポケベル（BBCall） ワープロ（打字機） フロッピー（磁碟片）

（電話中）

A：もしもし。
　（你好。）

B：あのー、すみません、道子さんはいますか。
　（那個，不好意思，請問道子在嗎？）

A：道子は出かけました。何か伝言がありますか。
　（道子出去了。有事要我幫忙傳話嗎？）

B：いいえ。では、また後で電話をかけます。
　（不用了。那麼，我稍後再打。）

A：はい、すみません。
　（好的，不好意思。）

首先「ポケベル」、「ワープロ」、「フロッピー」這三項用品，應該是二十年前才會用到的東西，現在我們幾乎完全不會使用到，記這些單字實在沒什麼必要。

會話內容也一樣，和現實情況有些脫節。老實說，上述會話，在現實是不可能出現的，真實情況應該是：

A：もしもし。
（你好。）

B：あのー、すみません、道子さんはいますか。
（那個，不好意思，請問道子在嗎？）

A：道子は出かけました。彼女の携帯にかけてください。
（道子出去了，請打她的手機。）

B：はい、ありがとうございます。
（好，謝謝你。）

或是乾脆直接打手機，如此一來，完全可以省略上面這一段談話。也就是說，即使我們學了這些會話，也是完全無法應用在實際生活上的。

而且，不但無法用在日常生活中，其實也無法用來應付考試。

日文檢定已在 2010 年進行改制，廢除舊有語彙表，字彙種類趨於生活化，包含許多流行用語。在題型方面也有變化，除了原本的題型之外，也加入了許多生活化的題目，再也不像以往一樣，只要用力背單字、用力 K 文法就能順利通過考試。

因此，我們鼓勵各位不要一直將時間花在教科書課本上、不要想將每一本書的單字全部背起來，適時「脫離課本」是很重要的。比起課本，我們可以從其他管道學到更多單字。

比起看課本，和真實的人對話，可以學到更多的「常用字彙」、「慣用句」和「日常會話」，拜多媒體和網路科技所賜，我們隨時能夠有許多機會「和真實的人對話」，像是 BBS、社群網站、書籤網站、即時通訊軟體等等網路服務，都能夠幫助我們和遠在日本的人們進行即時對話。

　　而經由日劇、日本電玩、動畫、電影、歌曲、節目、報紙、雜誌等等多媒體管道，同樣可以讓我們很輕易接觸到日本人的日常生活，進而從這些管道學習到許多生活中實用的字彙、慣用句型表現、日常會話等等。如果從實用性和生活化的觀點來看，這樣的學習方式比課本有效率多了。

　　就結論而言：課本只是輔助，幫助我們學習基礎文法和基礎字彙，我們應該以生活中的多媒體素材為主，從中學習常用字彙、慣用句、以及日常會話。

【本回任務】做到請打✔

☐ 了解教科書的不足之處

☐ 熟悉教科書的文法句型後，先將教科書放一邊

☐ 多瀏覽日本新聞網站（先將 NEWS WEB EASY 加入書籤）

☐ 至少加入五個 Facebook 的日文學習專頁（包含音速日語），有助於學到「活的日語」

05
Chapter

字彙學習訣竅
——實戰篇

5 1 單字別一個一個背： 代入式學習法

在之前章節，我們曾經提到單字書無法學習情境和使用時機等等抽象資訊，本章節我們要告訴你，即使背了許多單字，也不代表知道該如何使用。

即使記住了單字，但是如果不知道單字怎麼使用，那也沒有用。我們在高中考試時，背了好幾千個單字，能夠在考試時作答如流，但是卻很少人能夠說出一口流利的英文。我高中時背了「常用 7000 英文單字」，但是連一句完整的英文都講不出來，而且考試一結束，7000 個單字當中，我大概只記得 70 個。

有一個好方法，可以幫助我們在大量記憶單字的同時，還能夠知道如何在會話中使用這些單字。我們稱之為「代入式學習法」。

簡單來說，就是「**記住單字的固定用法，再將相似單字時直接代入使用**」。和我們在 3-1 提到的「記憶整個句型，別記單一文法」相似，不過是從文法版本換成單字版本。我們在記單字的時候，同時記住單字的固定用法，之後就可以

將相似的單字套進去直接使用。如此一來，不僅能夠記得許多單字，還能同時記得單字的使用方式。

　　舉例來說，請看 162 頁圖解，當你學到「家（うち）」這個單字，別只是記憶「家＝中文的『家』」，最好是了解和該單字相關的句型用法，可以記住「回家＝家に帰る」，接著可以思考和「家」相似、表示場所的字彙，例如：「実家（じっか）」、「故郷（ふるさと）」、「国（くに）」等，將這些單字套用到「～に帰る」句型中。如此不但知道更多單字，同時還能了解這些單字的用法，一舉兩得。

　　那麼，使用這種方式學習，有什麼好處呢？

①直接在實戰會話中使用

　　我們可以直接在會話中使用剛學習到的新單字。其實日文口譯也是用這個方法消化新單字，記住固定用法、再套上各種前幾天才記起來的專業詞彙，不然每次的口譯案件專業領域都不同，我們怎麼可能背得了那麼多專業用語和單字呢？

什麼是「代入式學習法」？

 に 帰ります

代入字彙

| 国 | 実家 | 故郷 | 田舎 |

チェックイン をお願いします

代入字彙

| サラダ | この服 | 免税の手続き |

②不必擔心文法錯誤

由於相似單字的用法句型都差不多，因此也不用擔心會有用錯單字或文法錯誤的情形。

③會話反應速度加快

當我們對這些單字固定用法和常用的文法句型相當熟悉後，就能夠加快會話時的反應速度，甚至可以反射性地說出日文，不會卡住說不出來。許多人認為日文說不出來，是因為字彙認識得不夠多，但主要原因其實是因為不知道如何使用學到的字彙。如果能做到這一點，就可以大幅增加會話能力。

因此，就結論而言，為了增加字彙量，而背單字書或單字表，是沒有意義的行為。「記得起來」不代表「用得出來」，許多人學習日文很長一段時間，但是卻只能說出「片段式」的會話，只能使用單字勉強拼湊成一個句子，而無法將單字流暢地應用在會話之中。在記憶單字的時候，使用「代入式學習法」，順便記住單字相關句型，之後遇到相似單字時，就可以直接套進去使用，這是較有效率的單字學習方法。

「代入式學習法」的好處

 1 直接在實戰會話中使用

 2 不必擔心文法錯誤

 3 會話反應速度加快

【本回任務】做到請打✔

☐ 理解什麼是「代入式學習法」
☐ 理解為什麼「代入式學習法」有助於提升會話能力
☐ 學到新字彙時，用 Google 或日本 YAHOO 查詢是
　否有相似字彙可以替換使用

ウェブ 画像 動画 辞書 知恵袋 地図 リアルタイム 一覧▾	
"に帰ります"	Q 検索
▾	

5 2 別花時間記單字，花時間用出來！

Tell me, and I will forget; show me, and I may remember; involve me, and I will understand.

（告訴我，我會忘記；讓我看，我可能會記得；讓我親手做，我就能夠徹底理解。）

——美國諺語

「哎，年紀大了，記憶力不行了。」「文法我都懂，就是單字記不起來啊。」「以前學生時期，一天可以背好多單字，現在剛背完就忘記了。」這是我從一位年約三十多歲的朋友口中聽到的話。他是某間外商公司的主管，學習日文大約一年的時間，頭腦很好，非常聰明，任何事情都能處理得有條有理，由於工作關係開始學習日文。學習日文時，他很快就能理解文法概念，動詞變化和敬語也難不倒他，不過一年的時間，就已經差不多將可以學的日文文法都學過一遍了，速度之快連我也很佩服。

但是，他卻有一項苦惱：單字記不起來。每次看過的日文單字，上一秒還記得，但是下一秒當他翻頁去看其他單字時，之前記住的單字就忘記了。一直背一直忘，一直忘了之

後又一直背，好像破了洞的水桶一樣，怎麼裝都裝不滿。他不禁懷疑是不是自己年紀大了，記憶力變差了，沒有學生時代唸書的天分，因而感到有些灰心。

經過不斷觀察和試驗，我們發現，記憶單字最好的方法就是：別花時間「記憶」這些字彙，而是花時間「使用」這些字彙，這是最好的記憶方式。但是為什麼實際使用，能夠幫助記憶呢？

①常用的字一定記得起來；不常用的字，記再多都沒用

道理很簡單，如果是你經常使用的字彙，那麼即使記性再差，都一定記得起來，不會忘記；如果是平時不會用到的字，記再多次都沒有用，不會用到就是不會用到，就像埋在土裡的蘋果核一樣，時間一長就會消失不見。舉例來說，「私」、「ありがとう」、「こんにちは」、「ごはんを食べる」這些單字、片語、句子，大家都不陌生吧？只要你有學過日文，一定會對這些詞彙很熟悉，而且不會忘記，因為這些都是我們日常生活中時常用到的單字，我們一次又一次地使用這些單字，想不記起來都難。我敢打賭，即使你從現在開始不學日文，十年後，你還是會記得這些常用字彙的意思。

②記憶不常用的字是浪費時間的行為

當我們記憶平時不會用到的字彙時，客氣的說法是投資沒有回報，不客氣的說法則是浪費時間。如果你記了許多單字，但是平時卻沒有使用，或是一開始你就背了許多生活中根本用不到的單字，那麼即使花再多時間，到後來一定也會忘記。

③每個人使用的字都有一定數量

雖然日文檢定 N1 要求必須有 1 萬字的字彙量，但是我們日常生活中常用的字彙，並沒有那麼多，只有大約 1500 ～ 2000 字。每個人所使用的字彙都有一定的數量，只要記得這些單字，就能夠溝通無礙。

不過，即使是 1500 ～ 2000 字，每一個人所使用的單字也不是完全相同的：老師常用的 1500 個單字，和學生常用的 1500 個單字不同；日文口譯常用的 1500 單字，也和日文導遊常用的 1500 單字不同。雖然說我們只要記得這些字彙就能夠順利進行會話，但是如果你沒有「實際使用出來」、實際使用日文的話，那你怎麼會知道哪些字彙是必要的？哪些字彙又是不必要的呢？怎麼會知道「自己應該記憶哪 1500 個單字」呢？

因此，實際使用，知道哪些字用得到、哪些字用不到，歸納出自己常用的單字，這些就是我們真正需要而且真正記得住的單字。

④「記憶＝強度 × 次數」

這個公式的意思各位應該都知道了，如果我們想記住，要不就是加強事情發生的強度，要不就是增加事情發生的次數。

那些常用的單字，我們經常會用到，次數很頻繁，因此能夠順利停留在記憶當中。相對地，如果我們想記得重要單字，例如「私／彼／彼女」這些基本單字的話，最好的方法，就是多使用，增加使用次數，讓記憶更加牢固。當然，如果可以同時增加強度更好，你也可以順便使用「私／彼／彼女」這些字，造一些好笑的句子，更能幫助記憶。

記憶單字必殺技 1：「多使用」

記憶 = 強度 × 次數

常用的單字，我們經常會用到，
次數很頻繁，因此可以順利停留
在記憶當中

💡 花一分的時間記住單字，

花三分的時間將單字使用出來

具體來說，我們該如何實踐呢？首先，記住單字和使用單字的時間，最好是 1：3，花一分的時間記住單字，花三分的時間將單字具體使用出來，如此一來，就能大幅降低忘記的機率。

該如何使用呢？方法可多了，你可以想盡任何方法，將學到的字使用出來。例如：和朋友分享、寫日記、造句、聊天、寫網誌、在 Facebook 發表文章等等都 OK，以自己喜歡、有興趣的方式就可以了。

【本回任務】做到請打✔

- ☐ 花費三倍的時間，使用學到的字彙，造句、打字、寫 Facebook 都可以
- ☐ 觀察自己是不是更不會忘記學過的字彙

53 有興趣就學得會：
朗誦喜歡的字句

好奇心是最強的興奮劑。

——佚名

我們繼續討論「記憶單字」這件事情。各位請試著回答以下問題：

* 為什麼記得住漫畫情節，記不住課本內容？
* 為什麼記得住電影《食神》台詞，卻記不住昨天看過的國文課本內容？
* 為什麼我們喜歡看影集，卻討厭收看 CNN 新聞報導？即使 CNN 可以學到更多符合時事的字彙。
* 為什麼我們記得住日本流行歌曲的歌詞，卻不記得老師剛才唸過的課文？
* 為什麼很多人記得住 150 種神奇寶貝的名字，卻記不住歷史人名呢？

知道答案了嗎？

鏘鏘鏘，答案很簡單，只有二個字：興趣。

我們對於自己有興趣、自己喜愛的事物，就會記得特別清楚。對於自己沒有興趣、無聊的東西，就會自動從腦海中刪除。

　　從以上問題，我們應該可以輕易了解，在記憶單字方面，自己有興趣、自己喜歡的單字容易記得住，自己沒有興趣的單字，就不容易記住。問題是，當我們使用單字書或單字表來記憶單字的時候，上面列出的單字和我們是否有興趣無關，僅僅只是冷冰冰的單字排列組合而已，無論喜不喜歡，都是背這些相同的單字，如此一來，就會像背課本內容一樣，即使花了許多時間，還是記不起來。

　　因此，如果要使用「興趣」來幫助自己記憶單字，最好的方式，就是「朗誦自己喜歡的字句」。

① 挑選喜歡的歌曲、台詞、對白、名言等等，多唸幾次，唸到熟悉。
② 找一個你喜歡、欣賞的日本藝人或有名的人，模仿他說話樣子和內容。

　　這二項方法，看起來和學習日文並沒有直接關聯，那麼，我們為什麼要用這二種方法呢？

＊「記憶＝強度 × 次數」

我們使用的還是這個相同的公式。當我們閱讀或複述自己喜歡的歌曲、台詞、名言等等時，因為我們有興趣，因此強度很強，不用重覆進行許多次，就能將這些有興趣的語句記起來。比起課本，漫畫情節記得更清楚，比起老師的話，電影台詞令人更印象深刻。這些都是由於「興趣」的關係，導致記憶時的「強度」不同，愈有興趣、愈好玩的東西，當然強度愈強，強度愈強，當然愈記得住，就是這麼簡單的道理。

＊模仿的重要性

除了找尋片段的台詞、對話，如果你有欣賞或是喜歡的日本藝人、日本知名人士，也可以模仿他們的說話方式和用字遣詞，如此不僅可以學習單字，還能學到日本人特有的會話方式，十分有助於記憶。

重點在於，你必須真正有興趣才行，不是隨便找一位電視主播，而是找尋真正欣賞的對象當作模仿對象。另外，由於日文當中的男女生用語不同，因此如果你是男生，最好找一位男性模仿，如果你是女性，也最好找一位女性模仿，如此才不會產生混淆。

就結論而言，朗誦自己喜歡的字句，或是模仿自己欣賞的人士，都是有效學習字彙和文法的方法，喜歡的東西愈多、範圍愈廣，記憶單字的速度就愈快、數量也愈多。

記憶單字必殺技 2：「朗誦喜歡字句」

記憶 ＝ 強度 ✕ 次數

↓

喜歡的東西愈多、範圍愈廣，
記憶單字的速度就愈快、
記得的數量也愈多，不易忘記

【本回任務】做到請打✔

☐ 理解「使用有興趣素材學習」的重要性
☐ 至少找三部日劇、電影或動畫，認真看完
☐ 到 YouTube 找一位欣賞的日本名人或藝人，仔細觀
　 察其說話方式

54 碰到生字怎麼辦？
該直接查字典嗎？

我們將在本章節當中，討論「碰到生字的解決方法」。

許多老師和教學書籍告訴我們，當我們閱讀文章時，如果遇到不懂的單字，不要立刻去查字典，而要依照前後的文章脈絡去猜測，儘量推敲出單字的意思，如此一來，印象才會深刻，下次看到同樣的單字時才不會忘記。如果去查字典的話，由於過程太輕鬆，因此查詢完畢知道中文意思後，很容易就會忘記。

這種方法的確有助於加深記憶，但是，當我們實際依照老師教的方式閱讀時，很快就會遭遇到嚴重的問題：有時候看到生字、甚至一句話就有好多不認識的生字時，即使我們不斷地推敲前後文，也猜不出生字的具體意思。這時候我們該怎麼辦？立刻查字典嗎？還是先暫時放置不管呢？當我們遇到不懂的生字時，我們該怎麼辦呢？什麼做法是最好的呢？

關於這個問題，並沒有單一的標準答案，依據你目前的語言程度和出現的字彙種類，有不一樣的解決方法。得看

你是剛學日文不久的初學者、還是擁有相當日文能力的進階者，還有文章中出現的生字，是屬於常用單字，還是不常使用的冷僻詞彙。

我們先定義一下，什麼是初學者？什麼是進階者？什麼是我們所謂的常用字彙？什麼又是冷僻詞彙？

* **初學者**：學習日文的時間短，學習的文法和字彙有限，具備非常基礎的會話和閱讀能力。約是日文檢定 N5、N4 程度。

* **進階者**：學習日文的時間長，已經學過常用文法和常用字彙，具備進行日常會話和閱讀報章雜誌的能力。約是日文檢定 N2、N1 的程度。

* **常用字彙**：這些字彙意思單純、出現的頻率很高，無論在哪一篇文章小說中，經常都看得到。

* **冷僻字彙**：這些字彙的意思較複雜，通常是某方面的專有名詞，出現頻率低，很少在文章小說上看到。

我們建議，在遇到不懂的生字時：

* **初學者**：一開始就不應該看太艱難的書籍，遇到會影響整

句意思的關鍵字時，查詢一下。

* **進階者：**具備相當日文程度，應有從文章脈絡猜測字義的
  能力，如非必要，儘可能別使用字典查詢。

	常用字彙	冷僻字彙
初學者	建議查詢	視情況可以不予理會，應避免挑選冷僻字彙過多的學習素材
進階者	應該已經會了	儘可能由文章脈絡推測字義，如果是會嚴重影響閱讀的關鍵字，再進行查詢

這裡要注意的是「初學者」如何選擇閱讀素材。

如果你學習日文的時間尚淺，學過的文法和字彙都不算
多，那麼最好一開始選擇閱讀素材時，就不要選擇太過艱深
的文章或書籍，而應該選擇用字簡單、適合小孩子的讀物，
例如：繪本和童話故事書。

理由其實很簡單，如果我們在閱讀報章、雜誌、書籍的
時候，遇到每個沒看過的生字，都要一一查詢字典的話，那
麼將很難有耐心看完一整篇文章。有時候一個句子中就會出

現許多生字，例如新聞報導或報紙記事，如果每個字都要查的話，不但耗費時間，也會讓人失去耐心。

　　即使是我們學日文很久的人，有時也會遇到沒看過的單字，更何況是學習日文不久的初學者呢？每次看到生字就查字典，一頁動不動出現幾十個單字，一個一個慢慢查，這樣誰會有耐心看下去？如上所述，這時的解決方法就是：挑選符合自己日文程度的書籍。

　　那麼，當我們面對不懂的生字，必須使用字典時，以什麼方式查詢最具效果呢？

　　首先，初學者建議使用日中字典，直接查詢日文單字的中文意思；進階者在查詢較複雜的單字或專業用語時，則建議使用日日字典、或是直接使用搜尋引擎找尋單字意思。許多老師會推薦初學者一開始就使用日日字典查詢，表示這麼做可以多看一些日文，增加對日文的熟悉度，但是對於剛學日文不久的人來說，用日文來解釋日文單字，根本看不懂，有查等於沒有查一樣，還必須額外花許多時間去推測單字大概意思，還是使用日中字典較有效率，可以一針見血知道確切的單字意思。

　　其次，在查詢之前，可以先簡單思考一下，推測單字的大概意思。這項工作的意義，在於能夠增加學習次數，加深

記憶。

在查詢之前先想過一次，再去查字典了解確切意思，等於你花了二倍的練習時間在這個單字上面，比起看到生字直接翻閱字典，多了一項思考的流程，如此一來，會比較不容易忘記。

最後也最重要的是，在查詢完字典之後，別只記得單字本身的中文意思，如果只知道單字中文意思，其他什麼都不知道的話，那麼和普通背單字用的單字卡沒什麼兩樣，即使記得起來，也用不出來。

在查詢到單字的具體意思後，請將單字前後常用的助詞和句型都一起記下來。這麼做的話，你不僅了解這個單字，同時也會知道下次如何使用在會話當中。

【本回任務】做到請打✔

☐ 判斷自己屬於初學者或進階者
☐ 了解自己遇到不認識的生字時該如何處理
☐ 使用看看網路字典「goo 辞書」的日中辞書（日中辭典）和国語辞書（日日辭典）
☐ 查字典前先試著猜單字意思，如此能有效幫助記憶

不必什麼都會：
選擇特定領域學習

> 我看到有間銀行寫著「二十四小時服務」，可是我沒那麼多時間。
>
> ——史帝芬・萊特（Steven Wright），喜劇演員

「選擇特定領域學習」是一項重要的方法，簡單來說，當我們學習完初中級文法（大約 N4 ～ N3 程度）後，儘可能選擇一項特定領域，學習常用的句型和字彙，如此可以讓學到的日文最快在生活中派上用場。

舉例來說，有讀者詢問我們：「公司派我下個月去日本出差，有方法可以短時間內加強日文，讓我可以和客戶用日文對談嗎？」

答案是沒有。沒有任何方法可以在一個月內速成，讓你從初、中級程度直接跳級，變成商用日語達人。要流暢使用一種外語，一定要花費大量時間學習和練習才行。

但是，也先別絕望。沒有辦法精通商業日語，但是不代表沒辦法和客戶用日文對談。

　　最好的方法，就是記住公司的產品日文名稱和敘述、了解基本商業用語，再請日本人幫忙寫一篇自我介紹背起來。這樣雖然不能和日本人天南地北閒聊，但是至少要向日本廠商介紹產品、洽談生意是辦得到的。

　　這就是「選擇特定領域學習」的重要性。我們沒辦法短時間內精通日文，但是經由熟悉特定領域的句型和字彙，我們還是可以順利和日本人溝通、達成工作的目標。

　　還有，如果要聽懂日本電影的全部對白，要花很多時間學習，但是如果是要接聽日本廠商的電話，其實只要有初、中級日文基礎，記住電話慣用句型和關鍵字、注意禮節就好。

　　要和日本朋友天南地北聊天、流利使用日文，要花很多時間練習，但是如果是要向日本客戶自我介紹和介紹公司產品，記住關鍵字和常用句型，反覆唸到熟就行。

　　想用日文寫一篇文情並茂的小說，根本難如登天。但是想寫電子郵件給日本廠商，上網找商業書信範本，套用進去修改一下即可。這也是選擇特定領域學習的重要性，針對目的，選擇最適合的學習方式，講求實戰、立刻運用所學。

實際方法為：

①先學習初中級文法句型和字彙（約 **N4 ～ N3**）程度

　　沒有基本的底子，是無法繼續往上學習的。腳下的梯子不穩、爬愈高愈容易摔下來。

②按照自己的需求，選擇特定領域，特別加強該領域的
　句型和字彙

　　如果你在日商公司工作，那麼就特別加強「商用日語、書信用語、敬語」。如果很喜歡旅遊，那麼就挑選「旅遊會話」來學習。如果熱衷動畫、電玩，那就從動畫台詞、電玩雜誌中學習常用日文。

　　如果目標是日文檢定，就直接從考古題、模擬試題的題目和選項來學習單字和文法，會更有效率。如果是服務業平時會遇到日本客人，就特別記一下慣用的「接客用語（せっきゃくようご）」。

　　如果從事的是科技業，比起學習不實用的生硬文法，更好的學習方法是記住科技業專有名詞，或是從設備操作說明書中、學習慣用句型和字彙。

選擇特定領域學習

1 先學習初、中級文法句型和字彙

2 接著選定特定領域學習

➡️

| 旅遊 | 商用 | 檢定 |

| 電玩 | 動畫 | 小說 |

【本回任務】做到請打✔

☐ 選擇一至二項自己需要的特定領域（例：商業、旅遊、考試）

☐ 有了初步文法基礎後，集中火力學習該領域的句型和字彙

☐ 實際使用出來很重要（旅遊的話，請直接訂廉航機票去日本玩一趟）

重要！
記憶單字時一定要唸出來

再來討論一項煩惱很多人的問題：單字記了又忘，好不容易記住了，但是聽力測驗還是聽不懂……。

舉例來說，日文形容詞「勇ましい」，我們看字面知道是「勇敢」之意，但是當我們聽到「いさましい」卻會反應不過來、不知道是什麼意思。

要解決這項問題，在「記憶單字」的時候，要多下點功夫。我們可以使用「五感」來記單字，用得愈多、記得愈熟。

「五感」指的是視覺、聽覺、觸覺、嗅覺、味覺，記單字不會用到嗅覺和味覺，除此之外的三種，我們都要儘可能用到。

方法很簡單：

✗ **遇到不懂的單字，查詢中文意思，結束**

○ **遇到不懂的單字，查詢中文意思（視覺）**
接著查詢重音、大聲唸出來唸到熟
（聽覺＋口說）
時間許可的話，拿筆多寫幾次、或是用電腦打
字（觸覺）

　　特別是「查詢正確重音後大聲唸出來」很重要，可以同時加強聽力和口說能力。

　　日文有很多詞彙，我們看字面看得懂，但是對其發音並不熟悉。如此一來，不但聽力測驗聽不懂、實際會話時也會說不太出來。「大聲唸出單字」可以有效改善這樣的情況。

　　舉例來說，當你聽到下面字彙時，知道是什麼意思嗎？

やしき
いっけんや
ゆうぎ
はてんこう

せいてんのへきれき

但是寫成漢字的話，相信一看就會懂了吧。（笑）

屋敷
一軒家
遊戲
破天荒
青天の霹靂

　　如果在記單字時有大聲唸出來、熟悉發音，就不會遇到這種「看得懂但聽不懂」的棘手情況了。

【本回任務】做到請打✔

□ 遇到不懂的生字時，使用網路字典或 APP 查詢重音
□ 記憶字彙時，一定要大聲唸出來，能動手寫下來更好
□ 了解「大聲唸出來」可以同時加強發音、聽力、會話
　　能力，以及更快記住

記憶單字時一定要唸出來

 1 遇到不懂的單字

 2 查詢中文意思（視覺）

 3 查詢重音

 4 大聲唸出來唸到熟（聽覺＋口說）

 5 拿筆多寫幾次、或是用電腦打字（觸覺）

同時學習文法和單字

> 學問之益，不在讀書之多，而在運用之熟。
> ——史邁爾（Stephen Smale），美國數學家

我們經常收到讀者的來信詢問：從教科書課本學習文法句型之外，要怎麼增加單字量、學習單字呢？要另外去買單字書來背嗎？

答案很簡單，不用另外買「N4 初中級 1000 字彙」或「檢定必考 5000 單字」這種單字書，因為看了也記不住。如果這麼輕鬆就可以記住單字的話，直接背字典就好了。

學習單字的推薦方法，就是「從文法例句中學習」。

初、中級階段，學習課文例句中出現的單字，是增加單字量的最好方法，因為：

① 文法例句中的單字都經過挑選，符合當下學習者的程度。初級例句中不會出現太過艱難的單字，不用擔心消化不良。

②這點最重要，很多句型是和固定單字配在一起的，從例句中記單字，才知道單字怎麼用，不會用錯鬧笑話。

【實例一】

當我們學到「**名詞＋が・は＋形容詞＋です**」這項句型時，儘可能連例句字彙一起記起來。

例：

お湯が熱いです。（熱水很熱）
水が冷たいです。（水很冰）
天気がいいです。（天氣很好）
今日は暑いです。（今天很熱）

台灣人經常會說出「水が熱い」或「天気が暑い」這樣的不自然日文，連單字一起記，就可以避免發生這樣的情況。

補充解說：

日文「水（みず）」是「冷水」的意思，因此「水が熱い」聽起來怪怪的，像是「冷水很熱」這樣的感覺。

「天気（てんき）」則只有好壞之別、沒有冷熱之別，可以說「天気がいい・天気が悪い」，但是「天気が暑い・天気が寒い」就會有些不自然。

【實例二】

這三項「する」的句型非常像：

「～をする」：表示人物表情
「～がする」：表示聲音、氣味
「～にする」：表示決定

如果只背句型的話，一定會產生混淆，最好的記憶方式就是連同單字一起記。

例：

彼は嬉しい顔をしている。
（他表情很開心）

隣の部屋からギターの音がする。
（隔壁房間傳來吉他的聲音）

ロビーはバラの匂いがする。
（大廳有玫瑰花的味道）

ドリンクは緑茶にする。
（我飲料決定點綠茶）

　　就結論來說，從文法例句中記憶單字，不但可以增加單字量、也能幫助記憶，更可以避免混淆、避免我們不小心說出不自然的日文。

【本回任務】做到請打✔

□ 學習文法句型的同時，也從例句當中學習單字
□ 別只是記住單字意思，要連前後助詞或語句一起記
　　住，如此才知道怎麼用

同時學習文法和單字

初中級階段
學習課文例句中出現的單字
是增加單字量的最好方法

好處一 ➡ 初級例句中不會出現太過艱難的單字，
不用擔心消化不良

好處二 ➡ 很多句型是和固定單字配在一起的，
從例句中記單字，才知道單字怎麼用

58 單字書的唯二用途

單字書雖然不適合記憶單字，但是至少還有二項功能：

①考前複習

當你學了很久的日文，也記了不少單字，但是當報名日文檢定考試時，總會感到一絲不安吧？考試究竟會出現哪些單字？是否是自己知道的單字呢？這時就可以使用單字書進行「複習」的工作。翻閱單字書，看看有哪些是自己會的、哪些是自己不會的、哪些是自己以前會但是現在忘記的，這麼做可以協助加深記憶。

請注意這裡指的是「**複習**」。簡單來說，當你有一定的字彙基礎時，可以透過單字書來回憶自己曾經學過的單字，防止自己忘記重要的字彙。但是如果你原本字彙量不足，而打算靠背單字書來增加字彙量的話，那麼麻煩就會很大。

②恢復記憶

「我記得新年快樂的日文，好像是あけまして、おめ……之類的。」像這樣曾經學過某句話，但是一時想不起來的時候，就可以使用單字書來查詢，恢復記憶。舉例來說，當我們進行口譯工作時，必須在短時間內學習某特定領域的字彙，例如在資訊展口譯時，就得對於科技相關語彙相當熟悉，問題是許多和電腦相關的單字我們都聽過，但是臨時要使用的時候，常常會想不起來如何表達，這時我們就會借助「單字書」的力量，加深這一方面的字彙能力。

我們原本就會，但是用「單字書」可以更加深記憶、臨場時不容易忘。不過如果是日文初學者，從零開始想將單字書中的字彙全部背起來，那麼會是十分痛苦的過程。**單字書適合用以複習自己已經知道的單字，但是並不適合用來學習自己不知道的全新單字。**

所以，除非你的使用目的是以上二項，否則不建議使用單字書學習日文喔！

單字書的唯二用途

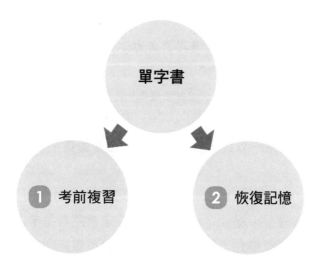

單字書

→ **1** 考前複習

→ **2** 恢復記憶

💡 請勿照表從頭背到尾，會讓你累到想放棄學日文

【本回任務】做到請打✔

☐ 理解單字書的考前複習功能
☐ 理解單字書的恢復記憶功能
☐ 了解除非必要，盡量別使用單字書的原因

活用智慧型手機

所謂機械，就是幫助我們省力，更快達到目的的道具。

——《三個傻瓜》（3 Idiots），印度電影

科學的唯一目的，在於減輕人類生存的艱辛。

——布萊希特（Bertolt Brecht），德國詩人

「智慧型手機」是我們現代人一定會隨身攜帶的東西，我們出門可能會忘了帶錢包，但是絕對不會忘記帶手機。忘了帶錢包先跟同事借一下就好，但是沒有手機，一整天都會令人心神不寧。

本書介紹了這麼多學習外語的方法，怎麼可能會漏了「智慧型手機」呢？

使用智慧型手機學習日文的方法很多，像是：

＊下載各種日文學習 APP
＊瀏覽日本新聞網站

＊收看 YouTube、ニコ動（niconico）的影片
＊使用 Facebook、LINE 和國外朋友交流

不過，以下我們要再介紹另外三種特別的用法：

①當作筆記本備忘錄使用

許多人會習慣準備一本筆記本，上課或看書的時候，若是遇到重要的部份，就抄在筆記本上面，以避免自己日後忘記。學習日文時，相信也有很多人，會習慣將文法句型重點抄在筆記本上。

不過，如果像我這種很容易忘東忘西、而且手寫字不好看的人，最常遇到的難題就是：抄筆記花太多時間、抄完後不曉得筆記本放哪裡、而且有時看不太懂自己的字……

這時智慧型手機就派上用場了！

＊ **用法一**：閱讀文法書籍時，重點
　部份直接拍照。

＊**用法二：**瀏覽網站時，直接將想記錄的部份螢幕截圖下來，例如觀看 Facebook 專頁時，將教學文章直接截圖，彙整在手機當中。

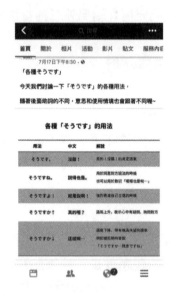

②當作學習資料簿使用

我們在先前章節中提過，學習外語時，最好以「生活化的素材」進行學習，使用「智慧型手機」就可以實現這項目標。

當我們在日本旅行時，招牌看板、路邊傳單、餐廳菜單、車站海報、店家告示、問卷等等，都是非常好的日文學習材料，可以學到最生活化的日文。

　　我們不需要想辦法將這些重重的紙本資料帶回台灣，只需要用手機簡單拍個照即可，將所有圖片彙整在手機相簿中，成為自己專屬的學習資料簿。

③當作電子辭典使用

　　從前學習日文時，可是人手一本字典或電子辭典，不過現在幾乎看不到有人會使用電子辭典了，原因在於：智慧型手機太方便了，使用網路字典就好，又快又即時！

常用的網路字典有「goo」和「Weblio」（查詢重音很方便）。將網路字典的首頁加入書籤，或放到手機桌面上，就可以隨時用來查詢單字了！

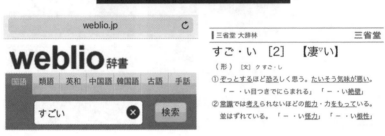

【本回任務】做到請打✔

☐ 首先，你要有智慧型手機
☐ 書中遇到重要句型或用法時，使用照相功能拍下來
☐ 瀏覽網站看到不錯字句時，使用螢幕截圖記錄下來
☐ 以智慧型手機進入「Weblio」網路字典，查詢字彙意思和重音
☐ 到日本旅遊時，拍下路邊招牌告示、傳單海報等等有興趣的東西

每回任務總整理

01 超重要！日本人的語言心理
Chapter

1-1 語言心理對於學習的重要性

☐ 了解「語言心理」能夠讓我們學習日文更有效率
☐ 了解「語言心理」的四項重要性

1-2 心理一：上下關係

☐ 理解日本人嚴謹的上下關係
☐ 理解日文的相對敬語
☐ 了解中文和日文的敬語差異

1-3 心理二：內外關係

☐ 理解日本人的內外觀念
☐ 理解日本的委婉和説話間接文化
☐ 了解台灣和日本的內外觀念差異

1-4 心理三：主客觀關係

☐ 知道什麼是主觀和客觀
☐ 了解日本人不太使用主觀用法，一般偏向使用客觀用法
☐ 理解主觀用法可能會造成的誤會

1-5 心理四：較不承擔責任

☐ 理解日本人較不武斷、較不願承擔責任的心理
☐ 認識日文中特有的「曖昧用法」

1-6 心理五：正式和非正式

☐ 理解日本人重視正式場合的心理
☐ 了解為什麼日文會有複雜的敬語
☐ 理解為什麼日本人講究商業禮儀
☐ 了解日文的「正式、非正式」和「口語、文章」區別

02 文法學習訣竅──知識篇
Chapter

2-1 文法是什麼？文法有多重要呢？

- ☐ 理解「文法」的定義
- ☐ 了解文法能使學習外語更有效率
- ☐ 了解文法能讓說話更有條理
- ☐ 了解文法有利成年人學習外語
- ☐ 了解文法有助於培養語感

2-2 文法能夠給我們什麼協助？

- ☐ 了解學習外語時，文法帶給我們的五項協助

2-3 為什麼總是學不會？──文法的習得速度

- ☐ 理解日文學習路上的三塊大石頭
- ☐ 理解初級、中級、進階的進步速度差異
- ☐ 了解遇到撞牆期是很正常的，不用灰心
- ☐ 了解若是害怕動詞變化而不繼續學習，會永遠無法進步
- ☐ 了解到達母語程度要花很多時間，但是到達會話流暢程
  度則不用花那麼多時間

2-4 研究型文法和學習型文法

☐ 了解什麼是「研究型文法」和「學習型文法」
☐ 理解為什麼「研究型文法」不適合用來學習外語
☐ 實際閱讀「音速日語」的教學文章，體會什麼是「學習型文法」
☐ 實際到書店，挑選一本「學習型文法」的易懂文法書

2-5 文法的正確和錯誤是絕對的嗎？什麼是正確的文法？

☐ 了解文法準則：多數人使用的文法就是正確的文法
☐ 注意流行語或過於口語的用法，不太能用在正式場合

2-6 最好的文法學習準則，就在吉野家！

☐ 理解複雜艱深文法的用途：考試、有內涵、學術研究
☐ 了解實用文法的法則：速い、安い、美味しい！
☐ 了解提升會話能力的最佳方法，就是練習已經學會的文法句型

03 文法學習訣竅──實戰篇

每回任務總整理

3-1 記憶整個句型，別記單一文法

☐ 閱讀課本時，特別注意記住整個句型，而非單一文法或
單字

☐ 看到新的句型或例句時，多唸幾次，唸到熟悉不會吃螺
絲為止

☐ 一併記憶例句中出現的單字，能有效提升字彙量

3-2 快速開口說日文：二段式學習法

☐ 初學日文時，先記一些日常用語、招呼語

☐ 即使不懂文法也沒關係，先記起來很重要

☐ 了解「二段式學習法」能夠讓我們在初學階段快速開口
說日文

3-3 結合個人經驗，最容易記住

☐ 使用課本介紹的句型，造出一些好笑的句子（最好是自己的糗事）

☐ 和別人分享自己的造句，會更不容易忘記

3-4 有圖表更好！

☐ 了解圖表能夠幫助我們快速理解文法

☐ 挑選一本附有圖表的文法書籍

3-5 學不會複雜文法？用「加法」就能解決！

☐ 理解什麼是「加法學習」

☐ 徹底理解日本人的語言心理（很重要）

☐ 閱讀音速日語官網的「進階文法教材」，實際了解「加法學習」

☐ 嘗試將遇到的複雜文法，整理成「基本文法＋附帶要素」的形式

04
Chapter

字彙學習訣竅──知識篇

4-1 不用記住所有看到的生字：理解語彙和使用語彙

☐ 了解什麼是「理解語彙」和「使用語彙」

☐ 理解什麼是「80 ／ 20 法則」

☐ 了解只要記住 20% 常用字彙即可流暢進行會話

4-2 別只記單字意思：情境、使用時機、非語言情報

☐ 理解什麼是字彙的「情境」

☐ 理解什麼是字彙的「使用時機」

☐ 理解什麼是「非語言情報」

☐ 了解為什麼日劇、電影、動漫畫，比書本適合學習字彙

☐ 了解應該記住整段會話，而非只記單字

4-3 你不知道的真相：會話用字愈簡單愈好

☐ 了解外語能力愈強的人，溝通用字愈簡單
☐ 了解用字簡單的好處：不容易產生文法或發音的錯誤
☐ 進行會話的時候，儘可能使用簡單的字彙，更能準確傳達意思

4-4 日本的文字習慣：什麼時候用片假名？

☐ 了解「漢字、平假名、片假名」的不同語感
☐ 了解如何區分「漢字、平假名、片假名」的使用方式
☐ 學習日文片假名的四種使用時機
☐ 學習日文片假名的三種特殊用法

4-5 適時脫離課本，學習「活的語言」

☐ 了解教科書的不足之處
☐ 熟悉教科書的文法句型後，先將教科書放一邊
☐ 多瀏覽日本新聞網站（先將 NEWS WEB EASY 加入書籤）
☐ 至少加入五個 Facebook 的日文學習專頁（包含音速日語），有助於學到「活的日語」

05 字彙學習訣竅──實戰篇

Chapter

5-1 單字別一個一個背：代入式學習法

☐ 理解什麼是「代入式學習法」

☐ 理解為什麼「代入式學習法」有助於提升會話能力

☐ 學到新字彙時，用 Google 或日本 YAHOO 查詢是否有相似字彙可以替換使用

5-2 別花時間記單字，花時間用出來！

☐ 花費三倍的時間，使用學到的字彙，造句、打字、寫 Facebook 都可以

☐ 觀察自己是不是更不會忘記學過的字彙

5-3 有興趣就學得會：朗誦喜歡的字句

☐ 理解「使用有興趣素材學習」的重要性

☐ 至少找三部日劇、電影或動畫，認真看完

☐ 到 YouTube 找一位欣賞的日本名人或藝人，仔細觀察其說話方式

5-4 碰到生字怎麼辦？該直接查字典嗎？

☐ 判斷自己屬於初學者或進階者
☐ 了解自己遇到不認識的生字時該如何處理
☐ 使用看看網路字典「goo 辞書」的日中辞書（日中辭典）
　　和国語辞書（日日辭典）
☐ 查字典前先試著猜單字意思，如此能有效幫助記憶

5-5 不必什麼都會：選擇特定領域學習

☐ 選擇一至二項自己需要的特定領域（例：商業、旅遊、
　　考試）
☐ 有初步文法基礎後，集中火力學習該領域的句型和字彙
☐ 實際使用出來很重要（旅遊的話，請直接訂廉航機票去
　　日本玩一趟）

5-6 重要！記憶單字時一定要唸出來

☐ 遇到不懂的生字時，使用網路字典或 APP 查詢重音
☐ 記憶字彙時，一定要大聲唸出來，能動手寫下來更好
☐ 了解「大聲唸出來」可以同時加強發音、聽力、會話能
　　力，以及更快記住

5-7 同時學習文法和單字

☐ 學習文法句型的同時，也從例句當中學習單字
☐ 別只是記住單字意思，要連前後助詞或語句一起記住，如此才知道怎麼用

5-8 單字書的唯二用途

☐ 理解單字書的考前複習功能
☐ 理解單字書的恢復記憶功能
☐ 了解除非必要，盡量別使用單字書的原因

5-9 活用智慧型手機

☐ 首先，你要有智慧型手機
☐ 書中遇到重要句型或用法時，使用照相功能拍下來
☐ 瀏覽網站看到不錯字句時，使用螢幕截圖記錄下來
☐ 以智慧型手機進入「Weblio」網路字典，查詢字彙意思和重音
☐ 到日本旅遊時，拍下路邊招牌告示、傳單海報等等有興趣的東西

國家圖書館出版品預行編目（CIP）資料

音速老師的日語成功筆記：文法字彙篇【圖解版】
／朱育賢著. -- 初版. -- 臺中市：晨星, 2017.11
面； 公分. --（Guide book；365）
ISBN 978-986-443-342-1（平裝）

1.日語 2.語法 3.詞彙

803.16   106014998

Guide Book　365

音速老師的日語成功筆記：文法字彙篇【圖解版】

作者	朱 育 賢 KenC
編輯	余 順 琪
封面繪圖	屋 莎 機
封面設計	耶 麗 米 工 作 室
美術編輯	林 姿 秀
創辦人	陳 銘 民
發行所	晨星出版有限公司 407台中市西屯區工業30路1號1樓 TEL：04-23595820　FAX：04-23550581 行政院新聞局局版台業字第2500號
法律顧問	陳 思 成 律師
初版	西元2017年11月15日
初版三刷	西元2018年01月20日
經銷商	知己圖書股份有限公司 106台北市大安區辛亥路一段30號9樓 TEL：02-23672044 / 23672047　FAX：02-23635741 407台中市西屯區工業30路1號1樓 TEL：04-23595819　FAX：04-23595493 E-mail：service@morningstar.com.tw 網路書店 http://www.morningstar.com.tw
讀者專線	04-23595819#230
郵政劃撥	15060393（知己圖書股份有限公司）
印刷	上好印刷股份有限公司

定價 250 元
（如書籍有缺頁或破損，請寄回更換）
ISBN：978-986-443-342-1
Published by Morning Star Publshing Inc.
Printed in Taiwan